KB065758

성공이 아닌 성장을 위한 이야기

졸업선물

성공이 아닌 성장을 위한 이야기

졸업선물

글 신영준 | 그림 서동민

졸업선물

2016년 1월 29일 초판 1쇄 발행
2021년 3월 2일 초판 22쇄 발행

지 은 이 | 신영준
그 린 이 | 서동민
펴 낸 이 | 이종주

책임편집 | 유형일
마 케 팅 | 배진경 임혜솔 송지유
E 마케팅 | 김슬기 안미진 임동관
펴 낸 곳 | (주)로크미디어
출판등록 | 2003년 3월 24일
주 소 | 서울시마포구성암로330DMC첨단산업센터318호
전 화 | 02-3273-5135 FAX | 02-3273-5134
편 집 | 070-7863-0333
홈페이지 | http://www.rokmedia.com
이 메 일 | rokmedia@empas.com

값 13,800원
ISBN 979-11-5939-945-9 03810

프롤로그

지극히 주관적인 인생 성공 10계명

1. 남들이 안 된다고 말하는 것을 꾸준히 오래 한다

☞ 기회는 절대 보이지 않는다. 해보고 나서 돌아보니깐 기회였던 것이다.

2. 자신 말고 주변 사람을 잘되게 해준다

☞ 함께 잘되면 모멘텀(momentum)이 커진다. 그래서 더 큰 성공을 한다.

3. 좋아하는 것 + 디테일(detail)

☞ 사람들이 디테일을 잘 못 챙기는 이유는 일을 해도 티가 나지 않아서 그렇다. 티 나지 않는 일을 잘할 수 있는 방법은 딱 하나밖에 없다. 좋아해야 한다.

4. 행복의 기준을 성장에 둔다

☞ 어제보다 1%만 성장하면 일 년 뒤면 37배 성장하고 10년 뒤면 '6000조' 배 성장한다!

5. 왕성한 호기심 + 집요함

☞ 노벨상 받은 사람들 중에 "아! 이거 해서 노벨상 받아야지!"라고 했던 사람은 단 한 명도 없다. 궁금하니까 그래서 그냥 더 깊게 계속 파고들어가다 보니까 결국 위대한 업적을 이룬 것이다.

6. 세상을 다르게 해석하는 능력을 만든다

☞ 새로운 것을 계속 만드는 것의 한계는 명확하다. 결국 재해석을 얼마나 탁월하게 하느냐의 문제이다. 별것 아닌 일상도 특별하게 바라볼 수 있어야 한다.

7. 인생의 모순을 인정한다

☞ 이루지 못할 것 같은 큰 꿈을 품으면서도 동시에 철저하게 망하는 시나리오에 대비한 플랜 B를 한 가슴에 담아야 한다

8. 자신감보다는 자존감, 진지함보다는 유쾌함

☞ 자신이 할 수 있다는 것을 믿기보다는 자신이 할 수 있는 것을 존중해

주는 것이 정신 건강에 훨씬 좋다. 세상의 모든 것에는 장단점이 있다. 하지만 유쾌함만큼 단점이 없는 것도 드물다. 그러니 99%의 유쾌함과 1%의 진지함으로 꽉 찬 인생을 만들자. 그리고 스스로를 존중하자.

9. 프레임(frame) 마스터가 된다

☞ 의지가 우리의 행동을 결정하는 것이 아니라, 결국 환경이 그에 상응하는 의지를 우리에게 심어주는 것이다. 적절한 환경에 노출되는 것이 강한 결심을 하는 것보다 훨씬 중요하다.

10. 행복한 가족을 만든다

☞ 기쁨은 나누면 두 배가 되고 슬픔은 나누면 반으로 줄어든다. 하지만 그것을 정말로 함께할 사람은 가족밖에 없다. (가족 같은 친구를 만드는 것은 좋은 방법이나 쉬운 일은 아니다.) 단단한 가족은 행복한 인생의 척추다.

누구나 그렇듯이 때가 되어서 나도 학교라는 울타리 밖으로 나왔다. 학교에서 배운 것만으로 사회에 적응하기에는 무엇인가 다소 벅찼다. A학점을 받으려고 노력하면 인생도 A급이 저절로 되는 줄 알았지만 그렇지 않았다. 대학교를 졸업하고 박사 학위를 받기 위해 대학원에 진학했다. 박사 학위를 받으려면 학부 때보다 공부만 더 많이 하면 되는 줄 알았다. 하지만 책을 통해 하는 공부는 성공적인 대학원 생활을 위한 극히 부분적인 요소에 지나지 않는 것을 금방 깨닫게 되었다. 사람과의 관계, 권위적인 지식에 도전하는 용기, 아주 사소한 디테일을 챙기는 집요함 등 공부 외적인 요소들이 박사 학위를 받는 데 훨씬 중요했다. 그렇게 박사 과정을 하면서 인생이라는 것을 조금 배웠다. 박사 학위를 받고 대한민국의 대표적인 대기업에 취직했다. 박사 과정 때 배운 훌륭한 연구 능력이 훌륭한 엔지니어가 되기 위한 최고 덕목일 줄 알았지만 아니었다. 연구개발의 속성은 대학원 시절이랑 크게 다르지 않았다. 하지만 돈과 납기 그리고 평가(고과)라는 새로운 룰(Rule)과 조건의 등장으로 연구개발은 극도로 좁은 범위에서만 진행되어야 했다. 또, 박사 때는 모든 것을 혼자 다 해야 되어 힘들었다면, 아이러니하게 회사는 모든 것을 함께 해야 해서 힘들었다. 회사 생활을 통해 그렇게 인생을 조금 더 배울 수 있었다.

박사 과정과 회사 생활 그리고 개인적으로 한 사업을 통해 내가 깨달은 인생 성공 조건은 앞에서 언급한 것과 같다. 수많은 한국의 학생들이 훌륭한 사회인이 되기 위해 죽어라 공부하고 스펙을 쌓지만 내가 생각하는 인생 성공의 요건에는 "좋은 대학 가라. 높은 토익점수를 받아라."와 같은 조언들은 없다. 학교 밖으로 나와 보니 학교에서 배운 지식 자체보다는 지식을 습득하는 방법과 태도가 더 중요하다는 것을 알게 되었다. 또, 회사 생활을 통해 정답을 찾는 것보다 훨씬 중요한 것은 정답을 만드는 일이라는 것을 깨달았다. 이 책은 내가 생각하는 성공하는 인생 요건을 이루기 위한 아주 세세한 각론의 모음이다. 내가 가는 길이 절대적인 정답은 아니다. 오히려 누군가에는 오답이 될 수 있다. 그래도 필요한 누군가를 위한 매뉴얼을 만들어 주고 싶었다. 막연한 원론적인 조언이 아닌 내가 겪은 아주 구체적인 예시를 보여주고 싶었다. 시행착오를 완전히 피할 수는 없겠지만 내가 만든 매뉴얼을 보고 몇몇 친구라도 그 힘든 시간을 조금이라도 줄이기를 바라는 마음에 책을 썼다. 아마도 20대에 내가 이런 책을 간절히 필요로 했었던 것 같다.

사력을 다해서 썼지만 졸필(拙筆)이 나왔다. 백 번도 더 인정한다. 그렇다고 친구들을 걱정하는 마음까지 졸심(拙心)은 아니다. 문자가 전달되는 것이 아니라 내 마음과 경험이 전달되기를 바란다. 아주 어렸을 적에 누군가 종합과자 선물 세트를 집에 가져오면 세상을 다 얻은 것처럼 그렇게 좋았다. 이 책을 읽는 친구들에게 나의 손때 묻은 경험들이 어린 시절 나를 행복하게 했던 과자 보따리 같은 종합 조언 선물 세트가 되었으면 좋겠다. 그렇게 세상으로 나오는 친구들에게 좋은 '졸업선물'이 되었으면 좋겠다. 졸업선물을 받지 못한 사회초년생들에게도 느지막한 '졸업선물'이 되면 좋겠다.

2016년 늦은 겨울 밤

아기 아빠 신영준

C O N T E N T S

인생 요령 VI _ 160

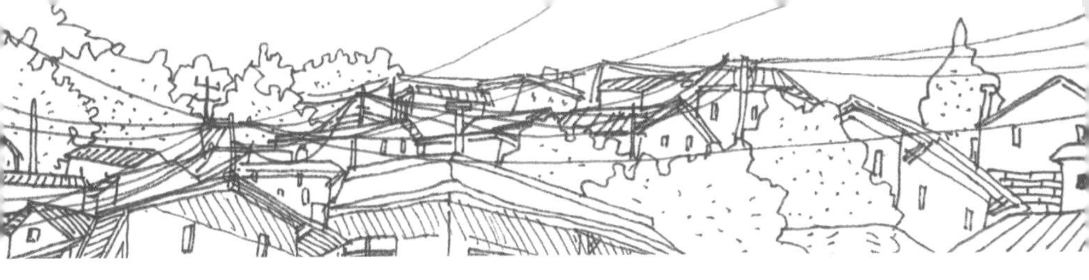

001 인생 요령 I

1. 언제나 목표는 최대한 단순하고 명확하게 한다.

2. 여자 말은 귀 기울여 들어주고 남자 말은 깔끔하게 인정한다.

3. 마무리 잘못하면 모든 것을 망친다. 마무리 하나 잘하면 망친 것도 살린다.

4. 잠깐 만나는 관계이면 최대한 뽐내고 오래 만날 관계는 최대한 겸손해야 된다.

5. 쓰잘머리 없는 걱정이 많으면 좀 더 바쁘게 살면 된다.

002 문제 해결의 꿀팁

우리의 뇌는 1000억 개의 뉴런으로 구성되어 있다. 엄청나게 복잡하다. 그래서 문제가 머릿속에만 있다면 문제는 계속 복잡하다. 복잡한 문제 생각에 계속 잠겨 있으면 결국 문제에 갇히게 된다. 문제 해결의 시작은 단순화이다. 우주만큼 알 수 없는 뇌 속에 있는 문제를 단순화하는 유일한 방법은 꺼내는 것이다. 복잡할 때는 말로 꺼내면 안 된다. 혀라는 친구는 가끔 복잡함을 넘어서 난감한 친구다. 그래서 말로 문제를 꺼내면 가끔 문제가 더 악화되는 경우도 있다. 조심해야 된다. 최고의 방법은 차분히 적는 것이다. 그러니 종이에 적어라. 문제를 단순한 종이로 옮긴다면 이미 50%는 해결된 것이다. 그리고 적은 것을 객관적으로 읽어줄 사람이 있다면 80%까지도 문제는 해결된 것이다. 그러니 너무 속으로 고민만 하지 말고 적자.

적(는)자생존

003 질문의 힘

질문은 위대하다. 사실 정답은 질문의 일부분에 지나지 않는다. 질문 없는 정답은 존재 자체가 불가능하다. 질문은 정답의 어머니인 것이다. 인생에서 정답을 구하고 싶다면 올바른 질문을 던지면 된다. 강연을 하면서 또 메시지로 상담을 해주면서 사뭇 놀라는 점은 생각보다 많은 친구들이 올바른 질문을 하지 못한다는 것이다. 그래서 질문이 무엇인지 잘 몰랐던 나의 경험에 비추어 올바른 질문은 어떻게 해야 하는지 살짝 들여다보고자 한다.

1. 질문의 태도: 용기를 가져라!

나를 포함한 우리나라의 많은 사람들은 모르면 혼나고 틀리면 매 맞는 환경에서 공부를 했기 때문에 DNA에 질문포비아가 조금씩은 내재해 있다. 하지만 질문하는 것을 절대 두려워하지 마라. 올바른 질문 한 번은 우리의 인생을 송두리째 바꿀 수 있다. '로또'랑 똑같다. 공짜로 로또를 구매한다고 생각하고 마음껏 질문하라. 절대 바보같이 혼나면 어떡하지 하고 겁내지 마라. 질문이 두렵다면 나중에 몰라서 '개박살' 날 것을 두려워해라. 그럼 질문은 입에서 자동으로 발사된다. 질문이 정답의 어머니이면, 용기는 정답의 외할머니이다. 용기는 질문의 어머니인 것이다.

2. 질문의 시작: Define (정의)

경험상 강연장에서 50% 이상의 질문자는 사실 본인이 무엇을 모르는지 모른다. 그래서 "질문하세요" 하고 요청받으면 무언가를 질문하는 것 같으나 사실 횡설수설하기 바쁘다. 질문을 하기 전에 가장 중요한 것은 문제 정의(define)이다. 문제가 정의가 되면 혼란스러웠던 점이 별문제가 아닌 것으로 드러나는 경우가 상당히 많다. 이렇게 정의하는 습관을 가지면 질문 수준이 올라간다. 덩달아 삶의 수준도 올라간다.

3. 질문은 첫 번째 스텝: 자신에게 질문하기

문제가 잘 정의가 되었다면 누군가에게 질문하기 앞서서 본인에게 질문

해야 한다. 진짜 내가 잘 몰라서 타인의 도움이 필요한 건지 판단해야 하는 "질문 키질"이 필요하다. 그래서 가짜 질문들을 걸러내야 한다. 가짜 질문들의 예를 들어보면, 간단한 사전적 정의를 몰라서 궁금한 것은 사전 찾아보면 될 일이다. 그런 시시콜콜한 걸로 질문을 하기 시작하면 내 시간도 그리고 관계도 좀먹게 된다. 이렇게 스스로에게 물어보면 질문 정의(define)가 더 명확하게 된다.

4. 질문의 필터링: 감정 걸러내기

가장 잘못된 질문 중 하나는 조언을 구하는 척하면서 위로를 원하는 경우이다. 위로를 구하는 것 자체는 문제가 되지 않지만, 위로의 문제는 듣고 싶은 정답이 정해져 있다는 것이다. 그래서 위로는 질문이 아니라 일종의 퀴즈가 되어 버린다. 그래서 감정을 배제하고 질문을 하는 것이 매우 중요하다. 질문을 가장한 인신공격도 많다. 지적 허영심이 가득 찬 사람들이 이런 종류의 질문을 많이 한다. 질문을 통해 논리적이거나 건설적인 조언을 듣고 싶다면 감정 필터링을 잘하는 것이 상당히 중요하다.

5. 질문의 운명 결정: 올바른 조언자 찾기

대학생들이 자주 실수하는 것 중에 하나가 인생 고민 상담을 한두 학년 선배한테 한다는 것이다. 현실은 그들도 자기 앞가림하기 바쁘다. 인생 상담 같은 질문을 하고 싶다면 최소 경력 차이가 10년 이상 나는 사람한테 찾아가야 객관적인 조언을 들을 확률이 높다. 그리고 생각보다 대가들은 질문을 하면 대답을 잘해준다. 그러니 직책이 높다고 유명하다고 주눅 들지 말고 찾아가든 이메일을 보내든 질문을 시도해라. 대가의 짧은 한 문장 대답이 당신의 인생을 완전히 바꿀 수도 있다.

6. 최종단계: 질문하기 그리고 복기

이제 준비가 되었으면 질문을 하자! 질문을 구할 때는 최대한 예의를 갖춰서 해야 한다. 아주 뻔한 상식이지만 이것조차 안 지키는 사람들이 정말 많다. 또 좋은 답을 얻고 싶으면 좋은 형태로 질문을 해야 한다. 대개 좋은 질문들은 최대한 구체적인 배경 상황을 설명하고 묻고 싶은 핵심은 명료하다. 그러면 대답해주는 사람이 질문에 구체적으로 대답해줄 확률이 높아진다. 그리고 질문의 답을 들었으면 다시 고민해보는 게 중요하다. 바둑이 끝나면 복기하면서 실력을 향상시키듯이 질문도 대답을 곰곰이 생각해보고 처음에 내가 왜 이런 질문을 했었는지 고민해봐야 한다. 그렇게 해야만 다시는 비슷한 질문으로 에너지와 시간을 소비하지 않게 된다.

004 불편한 성공 방정식

모든 사람들이 성공을 꿈꾼다. 시행착오를 줄이기 위해 성공한 사람들의 발자취를 따라가보며 그들의 인생을 연구한다. 성공 비법을 전수하려는 책들도 쏟아져 나온다. 그런데 과연 그 성공 방정식은 우리 모두에게 적용이 될 수 있을까? 보통 큰 성공 뒤에는 부가 따라온다. 역설적으로 부의 상징 중 하나인 고가의 아날로그 손목시계를 자세히 들여다보면 성공 방정식의 불편한 진실에 대해서 조금 깨달을 수 있게 된다.

고가의 시계는 수천만 원을 호가한다. 그 작은 시계가 왜 이렇게 비쌀까? 작은 손목시계는 쉽게 우리에게 시간을 알려주는 것 같지만 그 속을 들여다보면 작은 우주가 있다. 우리가 당연히 여기는 시간의 정확성을 유지하기 위해 엄청나게 복잡한 메커니즘이 시계마다 고유의 비밀로 숨겨져 있다. 그래서 소우주 작동의 원리를 조금이라도 많이 볼 수 있는 Skeleton(시계의 부품이 보이는) 시계들은 상대적으로 고가이다. PIAGET Altiplano Watch G0A37132이 모델은 3000만 원을 호가한다. 상당한 고가의 시계이다. 이 모델에 들어가는 부품이 정확히 189개이다. 이 189개의 부품이 한 치의 오차도 없이 맞물려 돌아가야 1초, 1분 이렇게 시간이 가는 것이다. 그러하다.

우리는 189개의 부품 숫자에서 성공 방정식의 불편한 진실을 엿볼 수 있다. 189개의 부품 중에 한 개라도 작동이 제대로 되지 않으면 3000만 원짜리 시계는 무용지물이 된다. 나머지 188개가 아무리 잘 작동해도 시계는 가지 않는다. 고작 시계 하나의 원리를 설명하는 일에도 189개 각각의 구성부품 특징과 인접부품과의 연계작동을 정확히 이해해야 하는데, 1000억 개의 뉴런으로 사고하는 수많은 사람 사이에서 발생한 결과들을 귀납적으로 추론하여 성공의 비밀을 완벽히 밝히는 일이 가능한 이야기일까? 절대 불가능하다.

세상에는 수많은 성공 스토리가 있다. 하지만 그 성공 스토리가 절대 모두의 정답은 될 수는 없다. 참고 사항일 뿐이다. 성공 스토리의 주인공인 본인들조차도 성공 원리의 일부분만 알 뿐이다. 절대로 아무도 성공의 원리를 완벽히 규명할 수는 없다. 그래서 인생을 '운칠기삼'이라고 하는 것 같다. 우리가 이해할 수 있는 부분은 많아야 30%라는 이야기라는 뜻이다. 그러니 타인의 성공에서 영감 및 동기부여는 받을지언정 정답을 얻으려는 어리석음은 범하지 말자.

005 영원한 싸움

우리는 본능적으로 영원히 싸울 수밖에 없다. 두 가지 심리학 실험을 통해 우리의 본성을 들여다보고 왜 우리 인생에 불협화음이 발생하는지 살펴보자.

첫째로, 정말 큰 착각은 우리가 의사를 전달하면 상대방이 오롯이 모든 내용을 이해할 것이라 생각하는 점이다. 이런 현상을 심리학적으로 잘 설명해주는 실험이 있다. 한 사람이 자기가 표현하고 싶은 노래를 오로지 손가락으로 테이블을 쳐서 다른 사람에게 알려준다고 하자. 손가락을 테이블을 쳐서 리듬을 만든다는 것 외에는 절대 아무것도 하면 안 된다. 그렇게 여러 곡을 테스트하면 과연 손가락의 리듬을 듣고 상대방은 몇 곡이나 맞출까? 전달자는 50% 이상의 청자가 노래 제목을 맞힐 것이라고 했지만, 청자는 2.5%밖에 제목을 맞히지 못했다. 이런 현상을 심리학적으로 '자기중심성'이라고 부른다. 굳이 심리학 실험까지 필요 없이 대한민국 노래방 남자 애창곡만 봐도 자기중심성은 확연히 드러난다. 남자들은 본인이 임재범의 고해를 부를 때 애절하게 사랑을 노래한다고 생각하지만, 여자들이 노래방에서 제일 듣기 싫은 노래 1위가 역설적으로 고해다. 이렇게 철저하게 자기중심적으로 생각하고 그게 옳은 것이라고 믿는다. 우리는 정확하고 올바르게 의사를 전달했다고 생각하지만 듣는 사람이 해석한 것은 의도한 것과 다른 경우가 비일비재한 것이 현실이다.

둘째로, 내가 인정하는 가치를 다른 사람도 똑같이 존중해 주기를 바라지만 그것 또한 판타지다. 시카고 대학에서 흥미로운 실험이 있었다. 한 대학교수가 수업시간에 무작위로 학생들을 뽑아서 머그잔을 나누어 주었다. 그 후에 만약에 그 컵을 경매시장에서 팔 생각이면 얼마가 적정가격일지 물어보았다. 또, 컵을 받지 못한 학생들에게 경매시장에 컵이 나오면 얼마에 살 생각이 있는지 조사하였다. 결과는 흥미로웠다. 판매하려는 학생의 평균 가격은 5.25불이었지만 사려는 학생들은 평균 2.75불을 제시하였다. 분명히 똑같은 컵이었지만 전혀 다른 값어치를 부여했다. 판매자는 컵을 파는 상황을 손실 상황으로 인지했고, 구매자는 이득 상황으로 받아들였다. 심리학적으로 손실의 고통은 이득의 기쁨보다 훨씬 강하기 때문에 상실감을 보상받기 위해 판매자는 높은 가격을 요구했던 것이다. 이런 현상을 심리학적으로 '소유효과'라고 한다. 심리학 실험들을 통해 알 수 있는 것처럼 우리는 자신의 것에 물질이든 정신이든 훨씬 높은 값어치를 부여한다. 그 말은 상대적으로 상대방의 인생은 내 인생에 비하여 하찮은 것으로 치부해 버린다는 의미이다.

두 가지 심리학 실험을 통해서 알 수 있는 것처럼, 이렇게 서로 간의 인식의 '차이(Gap)' 때문에 영원히 싸울 수밖에 없다. 악의가 있어서 서로를 죽자고 괴롭히고, 서로 다른 나라말 써서 의사소통이 안 되는 것이 아니라 원래 우리가 그렇다는 것이다. 좋은 사회는 완전 평등한 사회가 아니다. 사실 물리학적으로 완전한 평등은 열적 종말을 의미하듯이 다름이 없다면 그보다 더 무미건조한 세상도 없을 것이다. 진정으로 좋은 세상을 만드는 첫 걸음은 본능적인 차이를 인정하는 것이다. 궁극적으로 행복한 세상이란 차이가 없기를 꿈꾸는 세상이 아니라 차이를 줄이기 위해 의식적으로 부단히 노력하는 세상일 것이다.

006 답을 찾기 위한 숫자 100

한 권의 책을 쓰려면 100권의 책을 읽어야 한다는 말이 있다. 100권 정도만 읽으면 뉴턴의 명언처럼 지(知)의 거인들의 어깨에 올라서서 조금 더 멀리 볼 수 있게 되는 것일까? 실제로 내가 과학 저널에 논문을 게재할 때에도 보통 20개 이상의 다른 논문을 실제로 인용을 하고, 내 박사 논문에도 100개가 넘는 논문 및 교과서를 인용했으니 100이라는 숫자는 상당히 설득력 있는 것 같다.

누군가 인생의 정답을 구하고 싶다면 바를 정(正) 20개 즉 100번의 공부를 완성하라고 말해주고 싶다. 100번을 모두 책으로 경험할 필요는 없다. 책으로도 영화로도 할 수 있다. 여행을 100번 해도 되고 100명의 사람을 만나도 된다. 절대 한 가지 방법에만 집착할 필요가 없다. 경험을 통해 깨닫고 삶의 울림이 있다면 어떤 것이든지 좋다. 굳이 바를 정자로 세는 방법을 언급한 것은 하나하나를 '제대로' 경험하고 이해하라는 것이다. 그렇게 100번의 이야기를 관통하고 나면 분명히 램프의 지니 같은 거인이 나타나서 자신의 어깨에 우리를 올려줄 것이다. 그리고 우리를 멀리 보게 해줄 것이다.

추가적으로 100번의 경험치를 온전하게 축적하고 있는지 확인하는 방법 중 하나를 언급하면, 어떤 방법으로 공부를 하였던지 간에 내가 이해하고 느낀 점을 타인에게 말을 통하든 글을 통하든 반드시 전해봐야 한다. 사실 이 부분은 상당히 어려운 부분이다. 상당한 내공이 축적되어 있지 않다면 한 번의 경험을 깔끔하게 서술한다는 것은 불가능에 가깝다. 정말로 열심히 여러 번 되풀이해서 읽고 또 다시 봐야 나만의 느끼고 깨달은 점이 표현될 것이다. 대부분이 많이 공부했음에도 삶에 큰 발전이 없는 이유 중 하나는 머리로는 이해했지만 마음으로 소화하지 못했기 때문이다. 온몸으로 깨우치고 그 전율이 타인과 공진될 때 그리고 배운 것을 꼭 내 이야기인 것처럼 풀어 나갈 때 우리는 체득했다고 한다. 이런 체득이 조금씩 쌓이면 완전히 새롭게 태어날 것이다. 자신만의 인생을, 답을 찾고 싶다면 꼭 100이라는 숫자를 만나보기를 바란다.

007 진짜 평등

많은 사람들은 획일적인 평등을 원한다. 마치 사자도 임팔라도 모두가 풀을 뜯어야 한다는 논리다. 그릇된 평균의 적용으로 정말 괴로운 상황은 사자가 풀을 뜯는 것보다 임팔라가 고기를 먹어야 되는 상황이다. 아쉽게도 임팔라에게는 사냥 능력이 없다. 상황에 따른 균형 잡힌 판단이 중요하지만 대부분의 사람은 한쪽으로 쏠리는 편안함을 선택한다. 사자가 풀을 뜯어도 임팔라가 고기를 먹어도 결론은 동일하다. 생태계가 파괴된다는 것이다. 정의를 가장한 잘못된 기준을 우리 삶에 획일적으로 적용하면 사회구조와 질서 모두 붕괴될 수 있다.

대부분의 사람들은 기회의 평등을 원한다. 동일 선상에서 경쟁을 시작하고 싶은 것이다. 하지만 안타깝게도 기회의 평등이라는 것은 현실적으로 존재하지 않는다. 심지어 같은 유전자를 가진 일란성 쌍둥이도 완벽히 똑같은 환경에서 자라는 것이 아니다. 단지 먼저 태어났다는 이유로 누구는 형이 되고 누구는 동생이 된다. 그렇게 인생의 경쟁의 출발점은 모두가 다른 위치에서 시작할 수밖에 없는 것이다. 빌 게이츠의 "Life is not fair. Get used to it.(인생은 공평하지 않다. 익숙해져라.)"라는 조언이 가슴

속으로 아프게 파고든다. 하지만 그게 현실이다.

그렇지만 우리가 쟁취해야 하는 평등은 엄연히 존재한다. 바로 원칙(Rule)의 적용에 있어서의 평등이다. 빌 게이츠도 출발선상의 불공평함을 말한 것이지 원칙의 불합리한 적용을 말한 것은 절대 아니다. 그가 마지막에 말한 "Get used to it."의 참 의미는 "출발선상이 다르니 죽도록 노력해서 극복하라."는 것이다. 그러기 위해서는 공정한 룰의 적용은 무엇보다도 우리 삶의 필수 불가한 요소이다. 평등한 원칙의 적용! 이것이 우리가 행복한 세상을 만들기 위해 다 같이 싸워서 지켜내야 할 인간다움의 핵심이다.

008 멘토 = 보조바퀴

멘토는 구세주도 신도 아니다.

▶ 단지 넘어지는 순간에 살짝살짝 보조해줄 뿐이다.

보조바퀴는 절대 주 동력원이 아니다.

▶ 멘토가 나를 끌고 갈 것이라는 착각은 냉큼 버려라.

보조바퀴는 두 개다.

▶ 멘토도 밸런스 있게 두 명 정도가 좋은 것 같다. 너무 많아도 산으로 간다.

더 빨리 가려면 결국엔 떼어내야 한다.

▶ 결국엔 스스로 판단하고 책임져야 하는 순간들이 온다.

009 무엇이 옳은 선택인가?

대학생 친구들에게 가장 압도적으로 많이 듣는 이야기가 있다. 그것은 과연 어떤 선택을 해야 옳은지 모르겠다는 것이다. 그래서 지금 자신의 선택이 옳은지 아닌지 판단해달라는 질문을 정말 많이 받는다. 그럼 과연 올바른 선택은 무엇인가? 결론부터 말하면 절대반지가 프로도에 의해 오래전 파괴되어 세상에 더 이상 존재하지 않는 것처럼 절대적으로 옳은 선택이란 것도 우리 삶에 존재하지 않는다.

선택의 시점에 있어 최고의 결정은 상황마다 달라진다. 예를 들어 경영학과 친구가 있다고 하자. 이 친구가 금융권으로 취업을 할지 아니면 일반 기업으로 취직을 할지 고민 중이다. 금융권이 연봉 조건이 조금 더 좋아서 금융권 취업을 선택했다고 하자. 그런데 금융위기가 터지고 회사에 구조조정이 불어 닥친다. 이 친구는 올바른 선택을 했던 것일까? 그건 이 친구 말고는 아무도 모르는 것이다. 만약 구조조정 때문에 해고가 되어서 다시 취업이 안 되면 좋은 선택이었다고 말할 수는 없다. 하지만 해고된 후 다시 심기일전해서 해외취업 등 더 좋은 조건에 취업을 하거나, 위기 상황을 기회 삼아 대학원으로 진학하여 내공을 쌓은 후 나중에 더 좋은 직장에서 일하게 되면 최고의

선택이었다고 할 수도 있을 것이다. 결국 최고의 결과를 만들면 최고의 선택은 따라오는 것이다. 그래서 우리는 최선의 선택을 하기 위해 집중하기보다는 내가 선택한 결과를 더 좋은 방향으로 이끌고 가기 위해 부단히 노력해야 되는 것이다.

인생에서 위대한 업적을 이룬 사람들이 어떻게 그 자리까지 오게 되었는지 그들의 일생을 따라가 보면 우연치 않게 기회가 왔다는 사실을 자주 접할 수 있다. 결국 그들은 앞에서 언급한 것처럼 선택의 순간마다 상대적으로 가장 좋은 기회를 선택했고 최고의 결과를 만들어낸 것이다. 하지만 상황을 잘 모르는 타인들은 꼭 그 절대적 성공이 아주 치밀하게 계획적 선택에 의해 이뤄진 것으로 오해하는 것이다. 그러면 그런 우연한 기회는 어떻게 찾고, 또 기회를 어떻게 성공으로 만들어 낼 것인가? 우연한 기회를 찾는 것은 낚시로 물고기를 잡는 것과 같다. 어떻게 하면 낚시로 물고기를 많이 잡을 수 있을까? 첫 번째는 낚싯대를 최대한 많이 드리우는 것이다. 한 개로 낚시하는 사람과 열 개의 낚싯대로 고기를 잡는 사람의 최종 결과는 굳이 어항에 고기를 꺼내보지 않아도 알 수 있다. 두 번째는 올바른 장소를 찾아다니는 것이다. 아무리 낚싯대를 많이 드리워도 물고기가 한 마리도 없는 호수에서 낚시를 하면 무슨 소용이겠는가? 최대한 정보를 많이 수집해서 고기가 많은 곳에서 낚시를 하는 것이 대물의 손맛을 볼 확률이 높다. 마지막으로 신경을 곤두세우고 찌를 유심히 살피는 것이다. 입질이 왔는데도 모른다면 물고기에게

미끼만 헌납하는 것이다.

그러면 기회가 왔을 때 어떻게 그 기회에서 최고의 결과를 만들 것인가? 최고의 결과를 만들어 내려면 '교양'과 '철학'이 내 머릿속에 완벽히 탑재되어 있어야 한다. 기회는 씨앗이다. 씨앗이 내 인생 속으로 왔을 때 과연 우리는 무엇이 준비되어 있어야 하는가? 바로 비옥한 토양이다. 교양이 있다는 것은 쉽게 말해 폭넓은 공부를 통해서 내 사고의 토양이 비옥해졌다는 것이다. 그렇게 좋은 환경이 내 머릿속에 잘 갖춰져 있으면 어떤 종류의 기회의 씨앗이 들어오든 무럭무럭 자랄 것이다. 훌륭한 교양을 함양하는 최고의 방법은 두말할 것도 없이 올바른 독서이다. 또, 기회를 잡아도 그 기회를 성취하기 위해서는 여러 가지 난국들을 잘 헤쳐 나아가야 한다. 정상으로 올라가려면 수많은 문제들과 부딪칠 것인데 이 문제를 해결하는 능력이 바로 철학이다. 철학은 탐구다. 결국 문제를 해결할 수 있다는 것은 문제의 핵심이 무엇인지 꿰뚫어 볼 수 있는 능력이 있어야 한다는 것을 의미한다. 새로운 상황에 대한 올바른 대처는 탐구정신으로 똘똘 뭉친 철학적 사고로만 가능하다. 폭넓은 교양과 날카로운 철학이 우리 인생에 잘 내재되어 있다면, 어떤 선택을 하여도 그 결과의 성취도는 항상 극대화될 것이다.

인생에서 선택의 순간은 계속 온다. 수험생의 착각처럼 수능만 보면 인생 끝날 것 같지만 절대 그렇지 않다. 또 취업 준비생의 착각처럼 취업만 되면 모든 문제가 사라질 것 같지만 그것도 절대 아니다. 선택의 순간은 죽을 때까지 온다. 그래서 우리는 최고의 선택을 하기 위해 너무 애쓰기보다는 어떤 선택을 해도 후회가 남지 않게 최선을 다하는 습관을 가지도록 노력해야 한다. 또 한 번의 선택이 실수로 판명 났어도 다음 선택에서 올바른 선택을 한다면 언제나 실수는 만회할 수가 있다. 그러니 올바른 선택을 하지 못할까 너무 초조해하지 말고, 차분히 실력을 쌓는 데 더 집중하자. 그러면 다 잘될 것이다. 마지막으로 나도 우연히 싱가포르에서 박사 학위를 받았고, 우연히 삼성디스플레이에 취업했고, 우연히 이렇게 강연과 책을 쓰면서 살고 있다. 그리고 내 선택들이 최고의 결과가 되기 위해 죽도록 노력하고 있다. 끊임없는 노력을 통해 내가 지금 한 선택들이 올바른 선택이었다고 증명되기를 소망한다.

010 인색 금지 9

"인생에서 적당히는 참 중요하다.
하지만 넘쳐도 되는 것들도 있다."

1. 칭찬
2. 겸손
3. 반성
4. 공부
5. 사랑
6. 연습
7. 용서
8. 미소
9. 감사

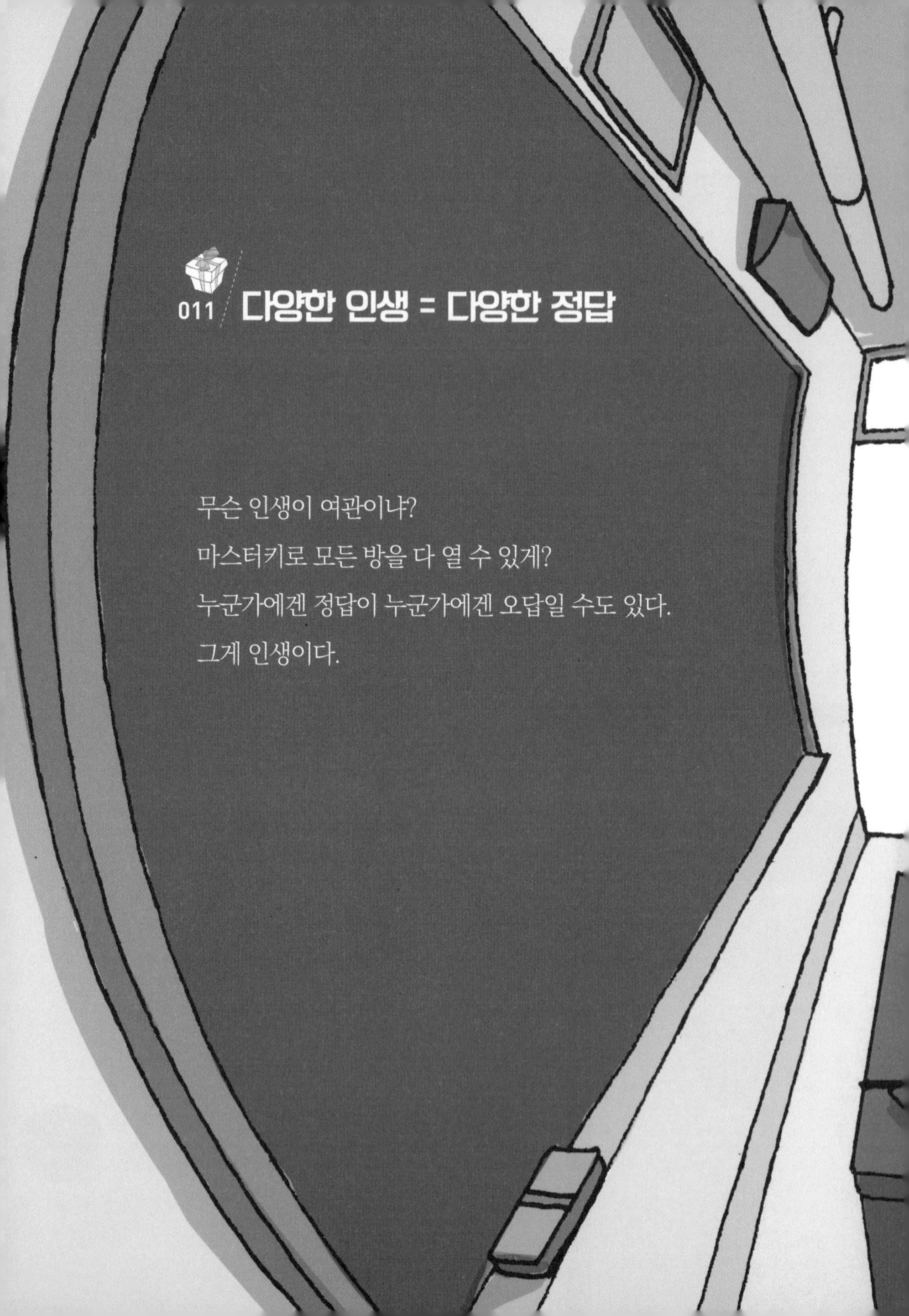

011 다양한 인생 = 다양한 정답

무슨 인생이 여관이냐?

마스터키로 모든 방을 다 열 수 있게?

누군가에겐 정답이 누군가에겐 오답일 수도 있다.

그게 인생이다.

012 3단 로켓

이 시대 최고의 CEO 엘론 머스크의 꿈은 화성에서 죽는 것이라고 한다. 그래서 그는 꿈을 이루기 위한 초석으로 SpaceX라는 로켓 발사 전문 민간 기업을 만들었다. 사람들의 우려와 로켓 전문가들의 조롱을 숱한 실패 끝에 이겨내고 현재 유일하게 민간업체로 '우주 화물선'을 운행하고 있다. 과연 엘론 머스크는 포드가 자동차 양산에 성공하여 모두가 자동차를 타고 다니는 시대를 만든 것처럼 로켓 양산에 성공하여 우리를 화성으로 데리고 가줄 것인가? 미래는 모르겠다. 솔직히 화성에 갈 수 있는 시대가 도래해도 나는 화성에 가고 싶지는 않다. 하지만 그의 로켓에 대한 열정 덕분에 인생의 또 하나의 원리는 배울 수 있었다.

우리도 종종 새롭게 태어나고 싶다고 말한다. 과연 새롭게 태어나려면 얼마만큼의 노력이 필요한 것일까? 로켓이 지구를 벗어나는 과정을 살펴보면 그 답을 조금은 추측할 수 있는 것 같다. 로켓은 일반 교통수단과는 다르다. 지구 밖 즉 전혀 다른 세상으로 나갈 수 있는 유일한 교통수단이다. 그렇게 지구 밖으로 나가기 위해서는 엄청난 추진력이 필요하다. 그리고 절대 한 번의 추진으로 중력장을 탈출할 수는 없다. 보통 로켓은 3단으로 구성되어 있다. 1단과 2단은 역할은 거의 비슷하다. 강력한 추진력으로 로켓을 중력장 밖으로 내보내는 것이다. 1단 로켓이 점화되면 1분 안에 로켓의 속력은 시속 수천 킬로미터가 되고 1단 로켓의 연료가 다 소모될 즈음이면 속력은 시속 수만 킬로미터에 다다른다. 실로 어마어마한 속력이다. 2단이 추가적으로 점화되어 로켓을 지구 저궤도까지 도달하게 한다. 3단 로켓은 1,2단 로켓과는 많이 다르다. 3단 로켓은 중력장 탈출이 아닌 목적을 수행하는 데에 이용되기 때문에 적은 추진력을 오랫동안 낼 수 있도록 설계되어 있다.

이렇게 로켓이 지구를 벗어나 우주에 진입하는 원리를 보며 우리가 인생에서 새로운 사람으로 변화하기 위해 어떤 방법과 얼마만큼의 노력이 필요한지 유추해볼 수 있다. 먼저, 처음에는 1단 로켓처럼 아주 강력한 결심이 필요하다. 그래서 빠르게 실천을 해야 된다. 보통 자극을 받고 결심을 하지만 어떤 성취를 못하는 이유는 한 번에 성공하려고 해서이다. 한 번에 새롭게 변하는 경우는 거의 없다. 변화해도 크게 변하지 못한다. 정말로 환골탈태하고 싶다면 우리 인생에도 또 한 번의 2단 로켓 점화가 필요하다. 이렇게 2단 로켓의 점화를 통해 모멘텀 유지가 필요하다. 새롭게 태어날 수 있는 노력을 할 수 있게 되었다면, 마지막으로 필요한 것은 디테일이다. 흔히 무턱대고 열심히 하면 무조건 성공할 수 있다고 맹신하는 사람들이 많은데 절대 그렇지 않다. 노력으로 일정 성과를 이룰 수는 있지만 디테일 없이 위대한 성취는 불가능하다. 3단 로켓처럼 꾸준히 오래 움직이면서 미세조정을 통해 원하는 궤도에 안착하려는 세심한 노력이 필요하다.

엘론 머스크는 실제로 화성에 가는 꿈을 이루기 위해 아주 단계적으로 치밀하게 준비하고 있다. 페이팔을 매각해서 번 돈으로 SpaceX를 세우고, 화성으로 가기까지 현실적으로 시간이 오래 걸리기 때문에 지구 온난화를 늦추려는 목적으로 전기자동차 회사인 Tesla를 설립했다. 또, Tesla의 성공과 그린에너지 보급을 위해 Solar City라는 회사를 추가적으로 설립하여 태양광으로 운영되는 전기충전소를 미국에 보급하고 있다. 3단 로켓같이 완벽한 준비를 하는 그의 모습을 보니 화성에 죽고 싶다는 그의 꿈이 막연하게 그리고 허무맹랑하게 들리지는 않는다. 나는 저런 꿈이 있고 그렇게 준비하고 있는지 스스로를 반성하게 한다. 우리도 영화 아이언맨의 살아 있는 롤모델을 지켜보며 자신만의 꿈을 이루기 위해서는 3단 로켓 같은 체계적인 노력을 해야 될 것이다. 그렇지 않으면 '한계'라는 심리적 중력장에 영원히 묶여서 살아야 될지도 모를 일이다.

013 세상에 있는 듯하지만 없는 3가지

014 Life Loop

입시가 끝판인 줄 알았다.

▶ 알고 보니 시작이다.

취업만 되면 다 되는 줄 알았다.

▶ 예선 통과에 불과했다.

결혼이 진짜 마지막 산인 줄 알았다.

▶ 육아라는 끝판왕이 기다리고 있다.

아이가 크면 조금 편해질 줄 알았다.

▶ 다시 내 아이의 입시가 기다리고 있다. 마치 끝판왕인 마냥.....

그렇게 back to the No. 1

인생 그렇다.

돌고 돈다.

그래도 한판 한판 깨는 맛이 있다.

그게 인생이다.

015 Leader vs Wisher

세상에는 본인이 Wisher이면서
Leader인 줄 착각하는 사람이 너무 많다.

대부분의 Wisher의 특징은
'프로세스'와 '디테일'을 전혀 **모른다**는 것이다.

목소리 크다고 미친 듯이 일한다고
절대 Leader가 되는 것이 아니다.

Wisher 밑에서 일을 하는 사람들은 삶이 불쌍해진다.
그래서 대부분의 사람이 불쌍하다.

제일 안타까운 점은 덮어 놓고 Wisher 욕만 하다 보면 어느새 나도 Wisher가 되고 있다는 점이다.

016 지극히 실용적인 인생 꿀팁

살다 보면 수많은 아기들을 만난다. 친구의 아기, 조카의 아기, 직장 동료의 아기. 직접 만나지 않아도 카카오톡 배경의 50% 이상은 아기들이 점령하고 있다. 해맑게 웃고 있는 아기를 보면 그 누구의 아기라도 한마디 건네고 싶은 게 사람의 마음이다. 하지만 아기 칭찬에서 정말 중요한 포인트가 있다. 바로 성별이다. 하지만 막 태어난 갓난아기의 성별을 구별하는 것은 병아리 감별사 같은 아기 감별사라는 직업을 만들어야 할 만큼 고난도의 일이다. 그래서 여기서 인생 꿀팁을 하나 공유한다. 아기의 성별이 애매해 보일 때, 아들인지 딸인지 베팅(betting)을 해야 될 때, 그래서 예쁘다/잘생겼다 양자택일을 해야 될 때, 그럴 때는 "따님이 예쁘시네요."에 한 표 던지는 게 무조건 좋다. 사실 갓난아기 때는 머리숱이 없어서 웬만하면 거의 아들처럼 보인다. 여자 아기 엄마가 "아들이야?", "아들이니?", "아들이네.", "아들이구나!" 계속 들으면 별것 아닌 것 같아도 권투에서 잽 맞는 것처럼 생각보다 아프고 누적되면 타격이 생각보다 어마어마하다. (세기의 대결이었던 홀리필드와 타이슨 대결도 홀리필드가 적극적으로 싸우지 않고 긴 팔을 이용해 계속 긴 팔을 이용해 잽만 날리자 결국 열 받은 타이슨이 홀리필드 귀를 물어뜯은 것이다. 잽은 무섭다.) 그런 상황에서 누군가 구원의 목소리처럼 "따님 참 예쁘네요." 하면 당장 보험계

약서를 내밀어도, 보증을 서달라고 부탁을 해도 사인해줄지도 모른다. 사람은 자신의 존재를 인정받을 때 가장 행복감을 느낀다. 10달 동안 뱃속에 함께 생활한 아이는 분신이나 다름없는데 그 아이의 존재를 정확히 인지해주는 것은 엄마의 정체성을 확인시켜주는 것과 동등하다. 실제로 놀이터에서 딸의 정체성 상징인 머리핀을 달고 나왔음에도 불구하고 한 사람이 아들이냐고 묻고 지나가자 친정 엄마에게 "저 사람 IQ에 문제가 있는 것 같다. 어떻게 머리핀을 했는데 아들로 생각하지?" 하고 푸념을 하는 것도 몇 번 목격한 적이 있다. 또 딸 가진 아빠로서 아들이냐고 질문 받으면 절대 유쾌하지 않다.(그래도 다행이다. 우리 딸은 머리숱이 많아서 일찍부터 여자 아기처럼 보였다.) 아기의 정체성이 확실하지 않을 때는 항상 딸로 생각하라! 딸에 베팅을 했는데 만약에 아들이면? "아! 꽃미남 되겠다.", "나중에 아이돌 시키면 되겠어!" 정도의 '미소년 드립'으로 가볍게 선방할 수 있다. 이런 사소한 인생의 요령들이 꾸준히 내공으로 쌓이면 어느 순간에는 '꿀팁'이 모인 '꿀인생'을 경험하게 될 것이다.

017 다이아몬드와 흑연

흑연과 다이아몬드의 DNA는 같다.
구성 물질도 탄소로 같고, 탄소 간의 연결도 공유결합으로 같다.
둘의 차이는 탄소 하나가 세 개의 이웃 탄소와 손을 잡으면 흑연이 되고,
네 개의 이웃 탄소와 손을 잡으면 다이아몬드가 된다.

그렇게 작은 차이가 지독히도 다른 운명의 결과를 초래하는 것이다.
작은 차이로 인한 극명한 운명의 엇갈림이 너무 잔인한가?
표면적으로는 그럴 수 있다.

하지만 그 탄생을 살펴보면 다이아몬드가 겪는 혹독한 시련을 볼 수 있다.
흑연에 수천 ℃의 고온과 수만 기압이 가해져야 다이아몬드가 탄생한다.
작은 차이는 그렇게 쉽게 만들어진 것이 아니다.

인생도 그렇다. 엄청난 노력이 작은 차이를 만든다. 그 작은 차이는 엄청난 결과의 차이를 만든다. 결국 지독한 노력이 극명한 차이를 만드는 것이다. 그렇지만 대부분의 사람들은 엄청난 노력이 작은 결과밖에 못 만드는 사실에 실망하고, 작은 차이가 불공평함을 초래한다고 원망한다. 결과만 따지는 더러운 세상이라고 욕하기 전에 내가 타인의 드러난 작은 과정만 보고 피와 땀이 밴 숨겨진 과정을 우습게 보는 것은 아닌지 되돌아볼 일이다.

018 다람쥐 쳇바퀴

흔히들 반복되는 지루한 일상을 다람쥐 쳇바퀴 같은 인생이라고 비유하고는 한다. 정말로 올바른 표현일까?

우연한 기회에 철장에 갇힌 다람쥐를 유심히 보니, 철장에서 지루할 때 쳇바퀴로 뛰어들어 미친 듯이 달리는 것 같았다. 자신의 구속된 상황을 다 잊기 위해 정신없이 달린다는 느낌을 받았다. 또 다른 시각으로 밥이 너무 잘 나와서 비만 되는 것을 걱정하여 유산소 운동으로 자기관리를 하는 듯 보였다. 매일매일 반복되는 직장 생활이 무의미하다면, 오히려 우린 다람쥐 쳇바퀴처럼 직장 생활 쳇바퀴가 필요한 것은 아닐까? 다람쥐에게 쳇바퀴가 철장 안에서 유일한 욕구 분출의 수단인 것처럼……

연속적으로 생각나는 것이 그럼 자연에서 마음껏 뛰어다니는 다람쥐는 행복할까? 다람쥐를 가장한 청솔모에게 서식지를 잠식당하고, 항상 살아남기 위해 천적으로부터 주변을 경계해야 하며, 겨울을 나기 위해 미친 듯이 식량을 모아야 하는 야생 다람쥐는 철장에서 호의호식하면서 여유롭게 쳇바퀴를 돌리는 다람쥐가 부럽지 않을까? 마치 대기업의 3년 차 사원이 하루 종일 회사만 욕하고 있고, 그 욕하면서 사원증 걸고 퇴근하는 사원을 너무나도 부럽게 물끄러미 바라보는 취준생의 마음처럼……

019 네트워킹의 함정

인맥(Networking)의 필요성의 핵심은 단연코 시너지(Synergy)이다. 시너지는 하나와 다른 하나가 만나서 둘 이상의 효과, 즉 선형적 효과를 넘어서겠다는 것이다. 여기서 사람들이 쉽게 간과하는 가장 중요한 부분이 바로 '하나' 즉 내가 어떤 온전한 스킬이나 능력이 있어야 한다는 것이다. 나는 부족한데 어떤 사람을 만나서 결과를 극대화한다는 것은 시너지가 아니라 요행을 바라는 것이다. 그래서 젊어서는 여기저기 기웃거리고 다니는 것보다 자신의 능력을 임계치 이상으로 끌어올리는 단호한 노력이 필요하다. 예를 들어 자신의 능력이 출중한 사람들(수치적으로 1 이상인 사람들)끼리 만나면, 소통의 문제가 없을 경우 1.X + 1.X 〉 2이므로 굳이 요란스럽게 일하지 않아도 바로 시너지가 나게 되어 있다. 퇴근 후 혹은 주말마다 술자리에 열심히 참여한다고 생산적인 Networking이 되는 것이 절대 아니다. 그것은 한낱 Netdrinking(모여서 술 마시기)에 불과하다. 술에 취해 "하하호호" 하면서 술모임을 네트워킹으로 착각하면 허파에 바람 들어가듯 부족한 부분을 헛된 망상으로 채워서 꼭 내공의 역치가 꽉 찬 사람처럼 환각에 빠질 수도 있다. 환각에 빠지면 꼭 사고가 나게 되어 있다. 그러니 정신 바짝 차리고 공부하자. 지리산에 은둔하여 촛불 켜고 수련하지 않는 이상 내 실력의 향기는

'온라인'이라는 매질을 통해 자연스레 퍼지게 마련이다. 온라인이 지배하는 이 세상은 굳이 정보가 협소하게 국한(Localized)되었던 88년도처럼 인맥을 절대 쫓아다닐 필요가 없다. 다 알아서 찾아오게 되어 있다. 인터 '넷' 덕분에 이제는 '네트' 워킹에서 네트(Net)는 누구나 접근 하고 이용할 수 있다. 우리에게 없는 것은 'Working(실력)'이다. 그러니 제발 제대로 일(공부)부터 하자.

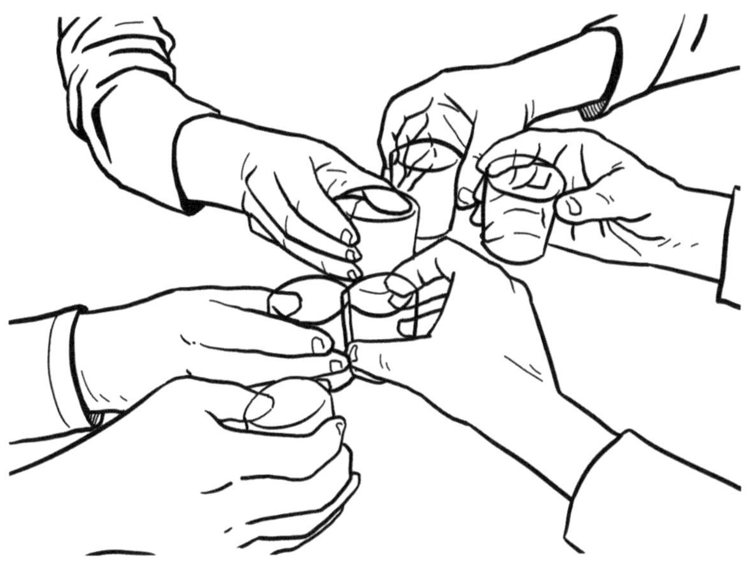

020 인생 연립 방정식 I

1. 말 한마디로 천 냥 빚도 갚는다.

2. Well done is better than well said.(실천이 말보다 낫다.) -Benjamin Flanklin-

실천 잘하면 '만 냥' 빚도 갚는다. 그러니 생각만 하지 말고 또 말만 하지 말고 제발 실천하자!

021 관성의 법칙

부익부(富益富) 빈익빈(貧益貧)은 안타깝지만 뉴턴의 운동 제1법칙인 관성의 법칙으로 보았을 때 아주 자연스러운 현상이다. 부정적이든 긍정적이든 모멘텀이 유지되는 것은 지극히 당연한 일인 것이다. 정말 무섭고도 슬픈 사실은 지익지(知益知) 우익우(愚益愚)이다. 지혜로운 사람은 더 지혜로워지고, 어리석은 사람은 더 어리석어지는 것이다.

이 잔혹한 운명의 굴레를 벗어나는 시작은 단호한 결의밖에 없다. 게으름과 어리석음을 연료로 달리는 패망의 열차에서 죽자고 브레이크를 밟아야 되는 것이다. 그러면 관성을 이기지 못하고 마치 세상이 뒤집어지는 마냥 열차는 뒤집어질지 모른다. 그러나 잊지 마라. 부정의 피드백에서 우리가 올라탔던 열차는 패망의 열차이다. 뒤집어지는 길이 사는 길이다. 그러니 이 악물고 비장한 결의로 관성을 깨뜨리자. 그래서 모두 부익부(富益富)와 지익지(知益知) 같은 성장의 피드백 속으로 들어가자.

022 인생 요령 II

1. "먹지도 못하는 꽃 무엇 하러 사냐?" 이런 말은 하지 말고.

(그럼 어차피 죽을 인생 무엇 하러 사냐……)

2. 라면 끓일 때랑 믹스커피 탈 때 물 너무 많이 넣지 않는다.

(물이 적을 때는 만회가 가능하지만, 많으면 센스 없다고 욕만 먹는다.)

3. 젊어서는 주식투자보다 너 인생에 더 많이 투자하고.

(스마트폰 백날 들여다본다고 내가 산 주식 절대 안 오른다.)

4. 공부할 때 절대 눕지 않는다.

(그럴 바엔 차라리 그냥 자는 게 낫다.)

5. 약속 시간은 언제나 30분 일찍 도착할 생각으로 나간다.

(독서 시간 없다고 변명하지 말고 일찍 도착하면 책을 보면 된다. 책에서 읽은 이야기를 만날 사람에게 해주면 만남이 훨씬 풍요로워진다.)

023 고수의 생각 들여다보기

대한민국 사람으로 월드클래스 수준의 업적을 이룬 사람은 꽤 있다. 하지만 세계적인 전설을 꼽으라고 하면 개인적으로는 김연아 선수와 조훈현 국수밖에 없다고 생각한다고 했다. 그런 전설의 생각을 엿볼 수 조훈현 국수의 자전적 에세이(『조훈현, 고수의 생각 법』, 조훈현, 인플루엔셜)가 나왔다. 책을 읽으면서 정말 인상 깊었던 점은 한국 바둑의 역사와 한국 산업의 역사가 아주 쏙 빼닮았다는 점이다. 비단 역사뿐만 아니라 현재 그리고 (어쩌면) 미래까지 완벽하게 똑같았다. 일본에 기초를 전수받고 일본의 그늘에 있다가 형식과 정석을 중요시하는 일본류의 바둑을 철저하게 실리 위주의 바둑으로 박살내면서 한국류로 세계를 제패하는 점. 또, 장고바둑의 축소로 속기바둑이 대세가 되자 사유의 근력이 부족해지면서 중국에 서서히 패권을 빼앗기는 점. 출세하고 싶은 바둑 기사들은 갑조나 을조리그에서 대국하면서 중국에서 활동해야 하는 점. 바둑 랭킹 1, 2, 3위는 아직 한국 젊은 기사들이 잘 지켜주고 있지만 20위권에 60% 넘는 기사들이 중국 기사여서 미래가 불확실한 점. 과거, 현재, 미래까지 이토록 무섭도록 닮은 것이 삶이 바둑으로 자주 묘사되고, 〈미생〉이라는 드라마가 우리나라에서 그렇게 대박 난 이유일까?

조훈현 국수는 말 그대로 '최고'라는 수식어에 둘러싸인 인생을 살았다. 최고에게 배워서 세계 챔피언이 되었고, 챔피언일 때 이창호라는 제자를 받아서 세계 챔피언으로 키워냈다.(덕분에 본인은 무관의 신세가 되었지만.) 정말로 최고의 인생에서 치열하게 살아온 조훈현 국수의 인생에서 너무 많은 것을 배웠다. 국가적 차원에서 번역본이 일본이나 중국으로 나가는 것을 막았으면 하는 생각이 들 정도이다. 주절주절 서평을 썼다가 감히 고수의 생각에 누를 범하는 것 같아 서평은 여기서 줄이겠다. 대신에 소제목이라는 사족을 달아 발췌해봤다. 발췌를 통해 여러분들도 고수의 생각을 조금이나 들여다봤으면 하는 바람이다. 조금이라도 감동을 느꼈다면 실제 책을 통해 조훈현 국수의 모든 생각을 직접 느껴보기를 강력하게 추천한다.

(1) 인생의 정답

(세고에 선생님) 내가 답을 줄 수 있다고 생각하느냐? 답이 없는 게 바둑인데 어떻게 너에게 답을 주겠느냐? 그 답은 너 스스로 찾아라. 답이 없지만 답을 찾으려고 노력하는 게 바둑이다.

(2) 인성의 중요성

정상은 아무나 가지 못한다. 그냥 열심히 한다고 다 가는 것도 아니고 실력이 좋다고 갈 수 있는 것도 아니다. 운도 있어야 하지만 인성과 인품도 따라줘야 한다. 특히 마음이 강해야 한다. 아무리 실력이 좋아도 정상의 무게를 견뎌낼 만한 인성이 없으면 잠깐 올라섰다가도 떨어지게 된다.

(3) 승패를 대하는 자세

나는 세고에 선생님이 언제나 한결같은 자세를 유지하는 것을 보고 자랐다. 너도 그래야 한다고 특별히 가르치신 적은 없지만, 선생님의 모습을 보면서 자연스럽게 그런 모습을 배우게 되었다. 감정은 그저 흘러가는 덧없는 것으로, 어떤 감정도 스스로를 잡아먹어서는 안 된다는 것이 선생님의 삶의 자세였다. 기쁨도 아무 감정 없이 바라보고, 슬픔과 분노도 아무 감정 없이 바라봐야 한다. 이겼다고 우쭐해하면 지는 것을 견디지 못한다. 이기기 위해서는 수천 번의 지는 경험을 쌓아야 하므로 일상의 경험으로 덤덤하게 바라봐야 한다.

(4) 승리의 필요충분조건: 인내심

하지만 승부의 세계가 원래 그렇다. 아니, 승부를 떠나 우리가 사는 세상이 원래 그렇다. 과정도 중요하지만 결과도 그에 못지않게 중요하다. 이길 수 있다면 이겨야 한다. 그러기 위해서는 반드시 끝까지 포기하지 않고 반전의 기회를 기다려야 한다. 내가 버텼던 이유는 이겨야 한다는 욕심 때문이 아니라 아직은 이길 기회가 있다는 희망 때문이었다. 승부사라면 그런 아주 낮은 가능성에도 베팅할 줄 알아야 한다. 아직 바둑은 끝나지 않았기 때문이다.

(5) 진짜 강자의 모습

스스로 강한 자는 절대로 변명하지 않는다. 열심히 노력하는 자는 지더라도 당당하다. 내가 승부에 졌다면 그건 내가 덜 강하기 때문이다. 그걸 인정하고 더욱 노력하면 된다.

(6) 자신감을 키우는 법

자신감을 갖기 위해서는 무엇보다 자신감을 기를 기회를 많이 만들어야 한다. 여러 종류의 시험과 테스트에 도전하는 것, 수없이 면접을 보는 것, 여러 사람 앞에서 발표하는 것, 낯선 일에 도전하는 것, 더 어려운 업무를 수행하는 것 등, 이런 경험을 반복해야만 더 노련해지고 영리해진다. 처음에는 자꾸 실수를 저지르고 야단맞아서 스스로 초라해지고 밑 빠진 독에 물 붓기처럼 느껴지겠지만, 그리고 그럴수록 자신감이 추락하겠지만, 이런 경험이 반복되어야만 자신감을 쟁취할 기회, 즉 성취할 기회를 갖게 된다. 이기기 위해서는 먼저 수없이 져야 한다. 따라서 지는 것을 두려워하지 않는 자만이 자신감을 가질 수 있다.

(7) 세상은 "납기"다

세상도 마찬가지다. 바둑이 시간제한과 초읽기라는 공평한 틀 안에서 경쟁하는 것처럼, 세상도 시간의 제약 안에서 공평하게 싸운다. 시간의 제약에서 벗어날 수 있는 사람은 아무도 없다. (중략) 마감에 쫓길 때는 시간이 좀 더 많았으면 하고 애타게 바라겠지만, 어쨌든 기한 안에 자신의 일을 완성해야 하는 건 누구나 마찬가지다. 또한 프로라면 그 짧은 시간 안에서도 놀라운 능력을 발휘한다. 따라서 자신의 분야에서 프로가 되고 싶다면 어린 시절부터 시간제한이라는 압박 속에서 많은 일을 성취하는 경험을 쌓아야 한다.

(8) 실패에 대한 자세: 복기(=반성)

아파도 뚫어지게 바라봐야 한다. 아니 아플수록 더욱 예민하게 들여다봐야 한다. 실수는 우연이 아니다. 실수를 한다는 건 내 안에 그런 어설픔과 미숙함이 존재하기 때문이다. 실수를 인정하고 고치지 않는다면 영원히 미숙한 어린아이 상태로 살아가겠다는 것과 마찬가지이다. 인정하고 바라보자. 날마다 뼈아프게 그날의 바둑을 복기하자. 그것이 나를 일에서 프로로 만들어주며, 내면적으로도 성숙한 어른으로 성장시켜줄 것이다.

(9) 성취의 기반: 고독

누군가 그랬다. 고독은 스스로 혼자이고자 선택하는 것이라고. 고독도 고립도 혼자 있는 상태인 것은 똑같지만, 고독은 고립과 달리 내면의 자아와 대화를 나누는 상태이기 때문에 결코 고통스럽고 무의미한 시간만은 아니라고. 뭔가를 이루기 위해서는 고독 속으로 들어가지 않으면 불가능하다. 모든 성공한 사람들은 고독 속에 자신을 떨어뜨린다. 이들은 일부러 세상과의 접촉을 차단하고 오랜 시간 홀로 자신과의 싸움을 벌인다. 모든 위대한 작품, 뛰어난 실력은 고독을 통해 탄생한다. 혼자서 고민하고 사색하는 연습하는 시간 없이 어떻게 실력이 쌓일 수 있을까.

(10) 쫄지 마!

승부의 첫째 조건은 뭐니뭐니해도 기백이다. 표정도 자세도 행동도 자신만만해야 한다. 아무리 대단한 상대를 만났다고 해도 기가 죽지 않아야 한다. 쫄았다는 걸 들키는 순간 상대방의 기세가 등등해진다.

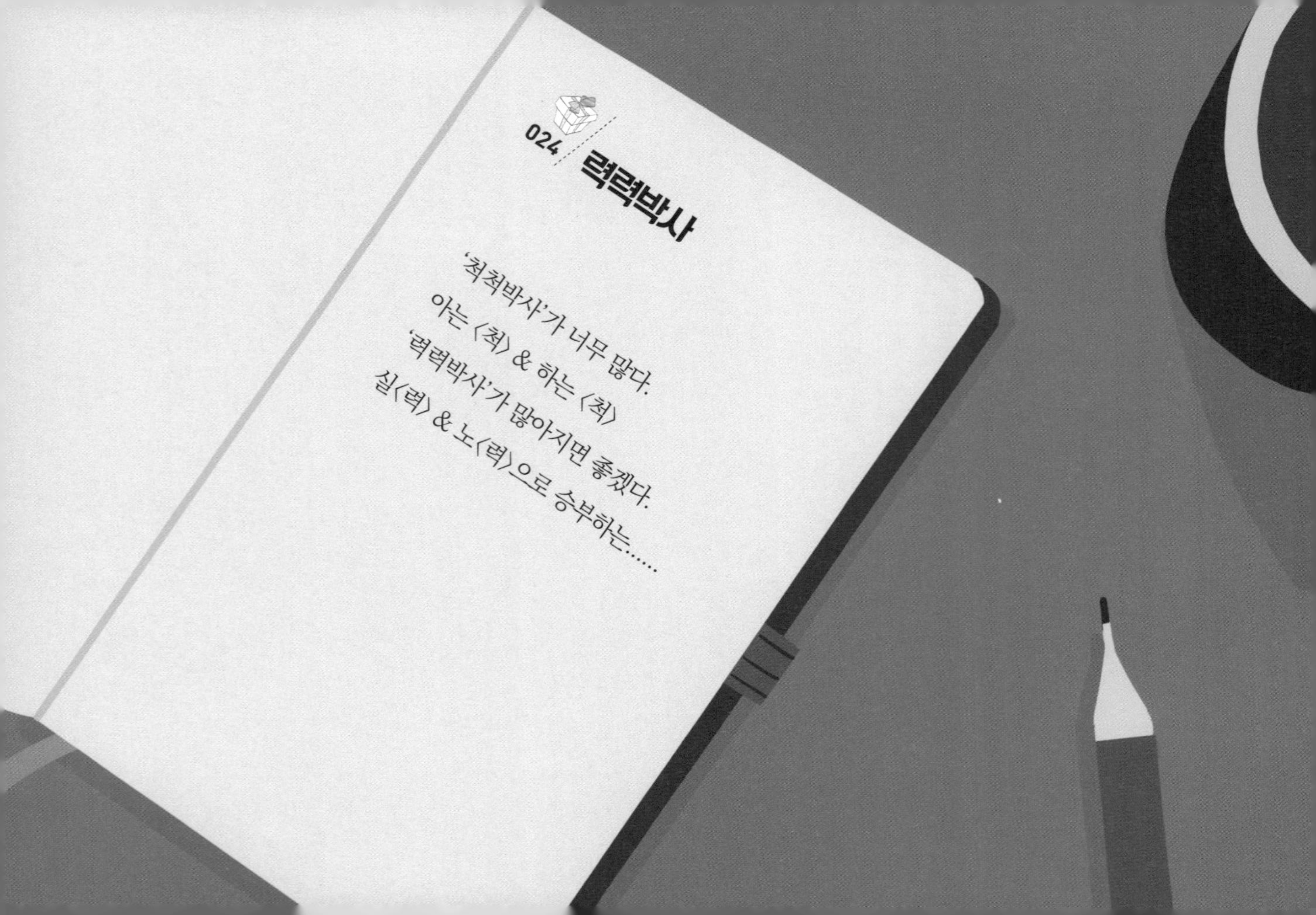
024
력력박사
'척척박사'가 너무 많다.
아는 〈척〉 & 하는 〈척〉
'력력박사'가 많아지면 좋겠다.
실〈력〉 & 노〈력〉으로 승부하는……

025 3대 보존 법칙

3대 보존 법칙

1. 질량 보존의 법칙
2. 에너지 보존의 법칙
3. 똘아이(=미친놈) 보존의 법칙

시사점

1. 살 빼고 싶으면 적게 먹어라.
2. 열심히 한 것은 다 돌아온다.
3. 어딜 가나 '미친놈'은 있다. 피할 생각하지 말고 극복해라.

026 기대감의 레이더

아마추어의 세계는 기대가 없기 때문에 조금만 뛰어나도 사람들에게 즐거움과 놀라움을 선사할 수 있다. 하지만 프로의 세계는 기대감을 밑반찬으로 깔고 시작하기 때문에 본 요리는 당연히 단무지보다 맛있어야 한다. 기대감을 만족시키지 못하면 프로의 세계에서는 바로 자멸이다. 그래서 프로들의 대결은 단순한 실력 싸움이 아니다. 하나의 기대감과 또 다른 하나의 기대감의 충돌이다. 오랜 기대감의 격돌은 때로는 전설을 만들어 내기도 한다.

2015년 5월 2일에 열린 메이웨더 vs 파퀴아오 경기가 전설이 되어 인간계를 넘어서려면 기대감을 넘어선 흥분 그리고 그 광란을 넘어선 경외감을 줄 수 있는 정도의 그림이 나와야 했다. 하지만 그렇지 못했기 때문에 '구원'받지 못한 팬들은 야유를 넘어 원망을 했다. 그러고 보면 예전에 홀리필드와 타이슨에 대결에서 왜 타이슨이 홀리필드의 귀를 물어뜯었는지 이제 조금은 이해가 된다. 그는 독감을 이겨내고 시카고 불스를 챔피언으로 만든 마이클 조던이나 마드리드 적지에서 외계인이 축구하는 모습으로 이교도들을 홀려 기립박수를 받은 호나우딩요 같은 전설을 그 시합에서 만들지 못했지만, 팬들의 상상을 뛰어넘는 경악스러운 행동으로 우리의 뇌리에서 절대 사라지지 않는 엽기적인 전설은 만들었다. 최고의 자리에 아주 오래 머물렀던 그는 챔피언의 경험으로 기대치를 넘어서야 전설이 된다는 사실을 아주 정확히 알고 있었던 것 같다

결국은 언제나 프레임이다. 그런 면에서 기대감은 프레임을 결정짓는 단연코 독보적인 요소이다. 배고프면 그 나물에 그 밥도 맛있는 것이고, 배부르면 임금님 수라상도 그저 그런 것이 인생사이다. 결혼을 앞둔 커플의 프러포즈의 핵심도 기대감의 첩보전이다. 예비신부는 아닌 척하면서 기대의 레이더를 돌리고 있고, 일생의 한 번의 프러포즈를 멋지게 해내려면 스텔스 같은 준비로 그 기대감을 교묘히 피해서 서프라이즈를 터뜨려 줘야 한다. 내가 인생에서 램프의 지니를 만나 소원을 이룰 수 있는 기회가 생긴다면 나는 고민하지 않고 사람들의 기대감을 조정할 수 있는 능력을 요구할 것이다. 그래서 내 컨디션이 최고일 때는 그 기대치를 극대화하고, 그렇지 못한 경우에는 극소화시켜 다른 사람들과 똑같은 양과 질의 일을 하고도 인정받고 존경받는 그런 효율(?)적인 인생을 살아보고 싶다.

027 출근길에 만난 벚꽃

출근길에 나의 미천한 형용사 어휘 수준을
혼내주기로 작심한 듯 벚꽃이 너무 예쁘게 폈다.

매년 벚꽃은 어찌도 이렇게 무심히 아름다운 자태를 뽐내다
내 의사는 안중에도 없이 홀연히 사라지는지……
얼굴값 하는 건가?

그래도 진짜 고맙다.
너희들한테 해준 것 하나 없고,
꽃잎 떨어질 때 사진이나 찍겠다고 발로 몸이나 차고 그랬을 우리한테
뭐 예쁘다고 이런 화사함을 매년 잊지도 않고 선사하는 것일까……

출근길에 나에게 이런 호사를 누리게 해줘서 진심으로 감사하다.
너희들 덕분에 또 한 번 깨닫는다. 주어진 행복도 누릴 줄 모르는데,
어떻게 슈뢰딩거의 고양이 같은 미래의 행복을 갈망할 수 있단 말인가?

주말에 너같이 예쁜 우리 딸한테
너란 녀석을 소개해줄 생각하니 설렌다.

우리 딸이랑 벚꽃 너만 생각하면
가끔은 내가 걷기 좀 힘들어도 지구 중력이 조금 더 강해졌으면 한다.
흘러가는 시간이 천천히 가게……

028 스티브 잡스에 대한 오해

이제 덮어 놓고 "스티브 잡스 = 인문학 = 창조적 IT 제품"이라는 왜곡은 그만해야 된다. 스티브 잡스는 훌륭한 비즈니스맨이었지 훌륭한 엔지니어는 절대 아니었다. 애플은 단순히 스티브 잡스만의 회사가 아니다. 수많은 훌륭한 엔지니어들의 노력과 열정으로 만들어진 회사이다. 스티브 잡스는 애플에서 관리(Management)를 기가 막히게 잘한 것이다. 절대 핵심적인 인물로 기술개발을 주도한 엔지니어가 아니다. 굳이 스티브 잡스를 사례를 인용하고 싶으면 "인문학이 사람을 다루는 데에 도움이 엄청 된다." 라고 표현하고, 제발 기술도 전혀 모르는 분들이 열심히 공부하고 있는 학생들 그리고 엔지니어들한테 인문학이 미래 기술의 원천이 될 것이라는 호도는 그만했으면 좋겠다. 특히 공학을 전공하는 학생들은 전공 공부를 열심히 해야 된다.(당연히 인문/사회를 전공하시는 분들도 기술/과학에 더 많은 관심을 많이 가져야 한다.) 절대 뜬구름 잡는 정치/경제 이야기 놀이에 빠지면 안 된다. 인문학 100권 읽어도 절대 코딩 한 줄도 짤 수 없다. 역사책 100권 읽어도 빅데이터에서 단 한 개의 데이터 처리도 할 수 없다. 엔지니어가 직업에 도움이 되는 목적으로 교양을 쌓고 싶다면 수학/과학을 추가적으로 공부하는 것이 실력 면에서 훨씬 더 도움이 될 것이다. 애플의 공동 창업자인 스티브 워즈니악 인터뷰 때문에 스티브 잡스를 사례로 하는 '인문학 & IT 퓨전'은 앞으로 힘들 것 같다. 인터뷰를 살펴보면 스티브 잡스처럼 훌륭한 관리자가 되기 위해 인문학을 열심히 공부해야 된다는 말은 아마도 유효할 수도 있을 것 같다.(인문학은 사유의 기초체력을 키우기 위해 정말로 중요한 학문이다. 하지만 언제까지나 체력만 키울 수는 없는 노릇이다. 어느 수준이 되면 방법과 기술을 익혀야 한다.) 엔지니어 친구들은 오히려 인터뷰를 꼼꼼히 읽어 보고 워즈니악이 가지고 있는 기술에 대한 자긍심을 배웠으면 한다.

[비즈니스 인사이더에서 인용한 스티브 워즈니악의 인터뷰 中]

Steve Jobs played no role at all in any of my designs of the Apple I and Apple II computer and printer interfaces and serial interfaces and floppy disks and stuff that I made to enhance the computers. He did not know technology. He'd never designed anything as a hardware engineer, and he didn't know software.(그는 기술에 대해 전혀 몰랐다. 그는 하드웨어 엔지니어로서 설계한 것도 전혀 없다. 그는 소프트웨어도 몰랐다.) He wanted to be important, and the important people are always the business people. So that's what he wanted to do. I wanted to be the engineer, in a laboratory, like a mad scientist. So that was my thing. The Apple II computer, by the way, was the only successful product Apple had for its first 10 years, and it was all done, for my own reasons for myself, before Steve Jobs even knew it existed. So I had created it, and it was just waiting for a company. And Steve Jobs was my good friend, the businessman.

029 기도 ≠ 주문

기도한다고 소원은 절대 안 이루어진다. 소원 빌어서 이뤄졌으면 중국이 계속 월드컵 우승했어야 한다. 종교를 떠나서 기도의 핵심은 감사와 반성이다. 반성은 인생의 거름이다. 우리를 자라게 해준다. 감사는 삶의 원동력이다. 우리를 나아가게 해준다. 그러니 요행을 빙자한 '주문'을 기도라고 하지 말고, 기도할 때는 늘 반성하고 감사하자.

030 필인

'필인'이 되자.

1. 必人: 필요한 사람 & 반드시 해내는 사람
2. Feel人: 타인의 감정을 느끼는 사람
3. Fill人: 타인을 채워주는 사람

031 우리는 왜 쓰디쓴 아메리카노를 마시는가?

대한민국이 커피 왕국으로 변하고 있다. 커피 전문점은 담쟁이덩굴이 건물 휘 감싸듯이 도시를 덮고 있다. 왜 그렇게 우리는 쓰디쓴 커피를 매일같이 흡입하는가? 사실 커피의 최초 보급 과정을 살펴보면 우리는 자의적이 아니라 타의적으로 커피를 좋아하게 된 사실을 알 수 있다. 커피가 유럽에 처음 소개되었을 때는 그 '맛대가리' 없는 검은 물을 아무도 좋아하지 않았다. 하지만 프로테스탄트의 금욕을 중시하는 종교적 의지와 호화로운 커피하우스에서 커피를 마시는 것은 고급스럽고 멋진 행위라는 상인들의 광고가 맞물려 돌아가면서 사람들이 커피를 마시고 싶다는 욕구를 폭발시켰다. 우리가 커피를 마시고 싶어서 마시기 시작한 것이 아니라 커피를 안 마시면 안 되는 환경이 도래했던 것이다.

그렇다. 내 의지보다 강력한 것은 환경이다. 보통의 의지는 일시적이지만 환경은 고정적이다. 결국 우리의 뇌는 환경에 적응하도록 프로그래밍 된다. 환경이 뇌를 바꾸고 바뀐 뇌가 새로운 사고방식을 만든다. 그렇게 바뀐 사고방식이 새로운 내가 되는 것이다. 결국 새로운 환경은 새로운 나를 만들게 된다. 그래서 커피 한 잔 마시면서 수다만 떨 것이 아니라 커피

4.0
5.5
4.0
3.0
5.0
3.0
4.0
5.0
4.0
6.0
4.0
4.0

의 유래를 통해 우리가 어떻게 공부를 해야 되는지 배워야 한다. 공부하겠다는 의지만큼 공부를 하게 하는 환경 또한 중요하다. 그래서 공부할 때는 단순히 스마트폰을 끄는 것이 아니라 어디 금고에 넣어야 한다. 내 정신을 공부에만 온전히 쏟아야 한다. 그렇게 쓰디쓴 아메리카노도 돈 주고 매일 마시는 것처럼 공부를 해야 되는 환경에 오랫동안 노출되어 공부를 하는 게 신념이 되고 공부를 하는 게 아주 멋진 일이 되면 돈을 주고라도 공부를 하게 될 것이다. 그러니 너무 파이팅만 외치지 말고 환경을 만들자. 그래서 어쩔 수 없이 스스로 하게 만들자. 이것이 대부분의 사람은 잘 모르는 공부를 잘하는 뻔한 비결이다.

032 껍데기 인생

사람을 제발 겉모습만 보고 판단하지 말자.

선물 포장지가 일 억이면 무슨 소용이 있겠는가?
선물이 좋아야지.
또 선물이 비싼들 무슨 소용이겠는가? 마음이 담겨야지.

체크카드가 금으로 만들어진 게 무슨 소용인가?
통장에 돈이 있어야지.
돈이 수백억 있은들 무슨 소용인가? 잘 쓸 줄을 알아야지.

책 만 권을 갖고 있는 게 무슨 의미인가?
한 권이라도 제대로 이해해야지.
이해만 한들 또 무슨 의미인가? 지식을 쓸 줄 알아야지.

우리가 너무 보이는 것에만 집착하니깐 과자업체들도 맛보다는 포장지랑 질소에 집착하지 않던가? 제발 본질에 집중하자.

033 인간 관계의 위치 에너지

내가 어렸을 적 봉천 6동 한 작은 골목에 살 때만 해도 이웃은 물리적으로 단순히 가까운 지역에 사는 사람들이 아니었다. 먼 친척보다 낫다던 '이웃사촌'이었다. 나만 해도 동네 형들 집에서 저녁도 먹고, 집에 문 잠겨 있으면 옆집에도 가 있고 그랬었다. 그렇게 이웃은 함께 살아가는 공동체였다.

하루는 어머님이 편찮으신 적이 있었는데 옛날에 한 골목에 같이 살았던 아주머니 다섯 분께서 병문안을 오셨다. 아주머니들을 20년 만에 보니깐 정말 반가웠다. 한편으로는 많은 생각이 머리를 스치고 지나갔다. 아파트 한 채에는 수백 명의 사람들이 그 작은 땅덩어리 위에서 함께 살지만, 누가 아픈지 알기는 고사하고 누가 어떻게 사는지도 모르고 심지어 엘리베이터에서 인사도 안 하는 현실이 서글프게 느껴졌다.

왜 이렇게 되었을까? 결국 환경이 우리의 사고방식의 영향을 미치듯이 아파트의 물리적 구조 때문에 이렇게 된 것 아닌가 싶다. 예전에 골목에서 살 때는 집들이 나란히 '수평적'으로 위치해 있었다. 어떤 사회적 조건을 떠나서 포지션만 보면 평등한 관계였던 것이다. 하지만 아파트의 구조는 꼭 현대

관료제의 모델처럼 '수직적'이다. 관계의 구조가 수직적이 되면 포텐셜이 생기고, 그 포텐셜은 에너지를 만들어 낸다. 진짜로 아파트는 그런 에너지를 안타깝지만 부정적 에너지로 만들었다. 바로 '층간 소음'이다. 이제 아파트에 함께 사는 사람은 이웃이 아니라 피해자와 가해자의 관계가 된 것이다. 당장 아파트를 다 없앨 수도 없는 노릇이고, 다시 이웃사촌이라는 시너지가 큰 관계로 돌아가려면 부단히 의식적으로 노력하는 수밖에 없는 것 같다.

그래서 나는 새로 이사 온 아파트에서는 의식적으로 이등병이 고참 기침 소리만 나도 경례하는 것처럼 열심히 인사를 한다. 인사에 냉담하고 소극적인 분이 대부분이지만, 사람 마음 녹이기 최강 병기 우리 아기와 협공을 하니, 많은 분들이 무장해제가 되면서 조금씩 반겨주시고 인사도 먼저 해주시기 시작했다. 늘 말하듯이 정치/경제/기술/과학 같은 거창한 이야기만 주야장천 할 것이 아니라 우리 삶의 근간을 다지는 조금은 이타적인 기본부터 집중해야 정말로 우리 아이들이 살아갈 이 나라에 좀 더 희망이 있지 않나 생각해 본다. '거대담론' 말고 이웃과 '소박담소'나 더 많이 하는 세상이 되었으면 좋겠다.

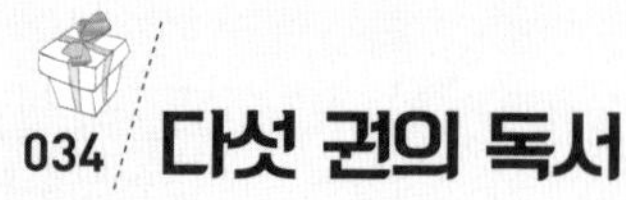

034 다섯 권의 독서

과연 몇 권의 책을 읽어야 충분히 읽은 것일까?

100권? 1000권?

나는 5권의 책을 완벽히 200% 이해해서 마치 내가 책을 집필한 마냥 읽었다면 충분하다고 생각한다. 왜 굳이 5권인가? 제안의 근거는 우리가 정보화 시대를 살고 있고, 정보화 시대의 핵심인 모든 전자기기들이 그렇게 복잡해 보여도 사실 알고 보면 5개 종류의 부품으로 구성되어 있기 때문이다. 모든 전자기기는 신호 및 전력을 저장, 필터링, 소비, 방출을 담당하는 수동소자인 저항, 캐패시터(capacitor), 인덕터(inductor)와 신호의 증폭 및 스위치 기능을 통해 연산을 담당하는 능동소자인 트랜지스터(transistor), 다이오드(diode)로 구성된다. 사실, 이 소자들이 어떻게 작동하는지 무엇을 담당하는가는 사실은 여기서 중요하지 않다. 중요한 시사점은 그렇게 복잡해 보이는 로봇에 들어가는 전자부품들도 오로지 이 다섯 개 부품의 조합을 통해서만 만들어진다는 사실이다.

그렇기 때문에 능동소자 2개의 역할을 하는 전문분야 서적 2권과 3개의 수동소자의 기능을 하는 전문분야와는 전혀 다른 교양서적 3권을 읽는 것을 추천한다. 앞에서 언급한 것처럼 단순히 그냥 읽는 것이 아니라 꼭 책의 내용이 내 머릿속에 심어진 부품이 된 것처럼 느낄 만큼 체득화가 될 정도로 제대로 읽어야 되는 것이다. 아주 단순한 기능을 가진 다섯 개 부품의 조합은 이제 인공지능이라는 이름으로 놀라운 기술의 진보를 보여주고 있다. 다섯 권의 책을 제대로 읽고 책들에서 배운 지식을 조합할 수 있다면 단순 인공지능을 넘어선 자신만의 "인생지혜"를 얻게 될 것이다. 그러니 우선 5권만 제대로 읽어보자.

035 관계

쉽게 가면
쉽게 깨진다.

치열한 열정이 있어야
관계의 접점도 녹아내려 하나처럼 붙는다.

아이를 키워보니 더 알겠더라.
아이는 그렇게 죽어라 울어대고
또 해맑게 웃어댄다.

부모는 울 때 그렇게 꼭 안아주고
웃을 때 녹아내린다.

그렇게 부모 자식은 녹아내려
인생의 연으로 붙는다.

붙어서 소중함을 잊고 살지만
떠나보내는 아픔은 찢어진다.
하나였기 때문에……

036 꽃과 강아지

인생의 의미를 모르겠으면 꽃을 길러봐라.

무심코 지나쳤던 수많은 꽃들은 내가 의미를 주지 않았기에 한낱 '먹지도' 못하는 꽃들이지만, 씨앗부터 심어서 꽃을 피워보면 그렇게 예쁠 수가 없다. 꽃이 피기 전 새싹부터도 예쁘다. 또 그렇게 예쁜 꽃이 피려면 '시간'이라는 게 걸린다. 그 시간은 어떻게 할 수 있는 방법이 없다. 묵묵히 기다려야 된다. 또 기다리는 시간이 있기에 내가 키운 꽃은 그렇게 예쁜 것이다. 그렇게 인생의 의미는 찾는 것이 아니라 부여하는 것이다.

인생이 텅 빈 것 같으면 강아지와 함께 지내봐라.

내가 먼저 밥을 챙겨주고 씻겨주고 아껴주면, 그렇게 꼬리를 흔들며 우리의 사랑에 열렬히 응답한다. 그래서 함께 행복해진다. 또 그렇게 사랑하고 정들었던 강아지가 세상을 먼저 떠나면, 끝없이 텅 빌 것 같은 우리 인생도 사랑으로 다 채우려면 턱없이 짧다는 것을 깨달을 것이다. 인생의 유한함을 배우게 되는 것이다. 내 통장에 잔고가 유한하여 돈을 아껴 써야 되는 것만큼 인생도 아주 아껴 살아야 한다.

삶이 답답한가? 너무 무료한가? 그러면 시답지 않은 힐링팔이들 얘기에 귀 기울이지 말고 꽃과 강아지를 길러보라. 그리고 그들에게서 진짜 인생의 의미와 사랑에 대해서 천천히 배워보라.

037 분수

딸이랑 분수를 보면서 이런 생각을 했다.

끊임없이 중력과 싸운다.
어쩔 수 없이 중력에 순응한다.
그렇게 잔혹한 반복이 어찌 그리도 우리는 아름답게 느껴질까?
힘차게 끝까지 올라가서가 아닐까?
악착같이 도전했기 때문이 아닐까?
어쩌면 정점이 있고 끝이 있는 우리 인생과 너무나도 닮아서 아닐까?

사랑하는 우리 딸!
떨어짐을 두려워 말고 힘차게 솟구쳐 올라가라!
누군가는 높이 올라간 만큼 떨어지는 아픔도 크다고 귀띔해줄지 모르겠지만,
아빠는 너 인생은 도전한 만큼 그래서 높이 올라간 만큼
더 오랫동안 예쁘게 빛나는 분수라고 말해주고 싶구나.

038 성장하는 독서법

똑같은 재료로 음식을 해도 요리사의 내공에 따라 전혀 다른 요리가 탄생하듯이 독서도 읽는 목적과 방법에 따라 전혀 다른 인생을 탄생시킬 수 있다.

그냥 읽기: 그냥 재미로 읽는 경우나 읽지 않으면 안 될 것 같아서 읽은 경우이다. 독서를 전혀 적극적인 자세로 임하지 않기 때문에 사실 거의 남는 게 없다. 심지어 내가 책을 읽었기 때문에 뭔가를 알고 있다는 오해에 빠지기도 한다. 이럴 때는 읽지 않는 것만 못하다. 순전히 순간의 즐거움을 목적으로 읽었다면 그냥 읽기도 괜찮다.

요약하며 읽기: 능동적인 자세로 독서를 하기 시작하는 단계이다. 요약을 하려면 핵심을 알아야 하기 때문에 상당한 집중력을 요구한다. 요약이 너무 막막한 사람은 다음과 같이 생각해보면 된다. 한 문단이 있으면 가장 핵심 되는 단어가 있을 것이다. 그 단어들의 모음이 아주 거친 요약이라는 요리의 재료라고 생각하면 된다. 그 단어들을 적절한 수사를 붙여 한 문장으로 나타내는 것이 요약의 시작이고, 그 문장들을 유기적으로 엮어내는 것이 요약 요리의 완성이다.

시험을 보기 위해 읽기: 시험에 대해 부정적인 이미지를 가진 사람이 많지만 시험은 최고의 학습도구이다. 청강만 한 강의와 중간/기말고사와 무작위 시험 10번을 본 과목 간에 학업 성취도 차이는 극명하다. 그러므로 독서를 할 때도 지금 읽는 책으로 꼭 시험을 보겠다는 마인드로 읽으면 훨씬 많은 것을 얻을 수 있다. 시험이라고 하면 수능이나 토익 같은 아주 정형화된 방법들만 떠올리기 쉬운데 시험도 여러 가지가 있다. 우선은 자가 시험이다. 사실 이것은 앞에서 언급한 요약이랑 비슷하다. 하지만 단순 요약이 단기 기억에 의존하는 행위라면, 시험을 본다는 것은 독서에서 얻은 단기 기억을 장기 기억으로 변환시키겠다는 의미이다. 또, 독서 모임에 나가는 것도 일종의 시험이라고 볼 수 있다. 내가 읽고 느낀 점을 말할 수 없다면 굳이 시험의 기준으로 판단한다면 낙제를 한 것이다. 유럽 대학에서는 실제 시험으로 구두평가를 많이 진행한다. 이렇게 독서 모임에 자주 나가서 이야기를 하면 발표에 익숙해지고 나중에 업무 면에서도 크게 도움이 될 수 있다. 독서 모임의 또 다른 장점은 사람들의 요약 및 느낀 점을 들여다보면서 정답이 여러 개일 수 있다는 사실을 덤으로 배울 수 있다는 점이다.

가르치기 위해 읽기: 최고 난이도의 읽기다. 3번 가르친 것은 절대 잊어버리지 않는다는 말이 있을 정도로 가르치기 위해서는 엄청난 준비가 필요하다. 일단 누군가를 가르치려면 완벽히 아는 것만으로는 충분하지 않다. 본인은 이해할 수 있어도 배우는 사람은 쉽게 이해하지 못할 수 있기 때문에

정확한 이해를 넘어선 풍부한 이해가 필요하다. 요약도 단순 요약을 넘어 지식의 전달을 위한 요약은 고도의 추상화 작업이 필요하다. 발표 자료의 요약은 굳이 활자에 국한될 필요가 없기 때문에 깊게 이해한 만큼 요약의 수준은 천지차이가 날 것이다. 사실 가르치기 위해 읽는 것은 선생님들이나 할 것 같지만 절대 그렇지 않다. 당장 내가 했던 박사 자격 시험도 교수들에게 내가 연구한 것을 가르치는 발표의 장이었고, 회사에서 임원에게 발표하는 것도 내가 진행한 업무를 가르치는 행위였다. 충분히 준비가 잘되어 있고 내용 장악이 완벽하면 멋진 발표가 될 것이고, 어설프게 알고 있으면 한 번의 질문에 모든 게 무너져 세상이 하얗게 보이는 상황을 경험하게 될 것이다. 그러므로 독서를 해도 그 내용을 친구나 가족에게 알려주겠다는 마음으로 읽자. 그러면 본인도 수동적으로 독서를 할 때보다 훨씬 많은 내용을 체득할 수 있고, 타인도 지식을 시식할 수 있어서 본인의 삶과 인간관계 모두가 풍요로워지는 마법을 경험할 것이다.

039 인생 요령 III

1. 누구에게라도 명령하지 말고 의문문으로 부탁한다.

2. 변화하는 과정은 절대 볼 수 없으니 꾸준함을 절대 잃지 않는다.

3. 세상에 공짜는 없다. 그러니 아낌없이 베풀자.

4. 말 한마디에 천 냥 빚도 갚지만, 만 냥 빚도 질 수 있으니 신중히 한다.

5. 그 나물에 그 밥도 배고프면 맛있다. 때로는 부족함이 풍족함을 이긴다.

040 노력의 부호

정글은 약육강식의 세계다. 약육강식의 세계라서 먹이사슬의 최상단에 있는 사자의 삶이 제일 '땡보'일 것 같지만 그렇지 않다. 사실 '먹고사니즘' 입장에서는 사자의 노력이 임팔라의 노력보다 훨씬 크다. 임팔라는 널려 있는 풀을 뜯으면 되지만, 사자는 죽자고 달려들어서 임팔라며 기린이며 물소를 잡아야 한다. 가끔은 뒷발에 치이고 뿔에 받혀서 생명의 위협을 받기도 한다. 흔히 복잡하고 치열한 우리의 인생사를 정글에 많이 비유하는데, 실제로 사자와 임팔라가 먹고 살기 위해 하는 노력의 정도는 놀랍게도 우리 인생과 정말 많이 닮아 있다. 사원은 본인 인생이 제일 힘들어 보이지만 업무강도와 스트레스 면에서 보면 임원 100분의 1정도 될까? 임원도 불쌍한 게 고기 맛을 한번 보면 풀을 다시는 못 먹는다. 풀을 뜯는 평직원들에게 자신의 비전에 대해 공감해줄 것을 요구하지만, 제대로 고기 맛을 보지 못한 초식 직원들 눈에는 임원은 자기와 다른 부류인 포식자로만 보일 뿐이다. 그래서 임원은 결국 혼자만 죽자고 달려드는 것이다.

그렇지만 먹고 사는 문제를 넘어서 살고 죽는 '생사'에 관점에서 노력의 정도는 거의 비슷하다. 임팔라도 사자도 똑같이 생존을 위해 죽자고 아니 살

학교에서 뭐 배웠어?
회사가 장난이야?
그렇게 해서 먹고살겠냐?
- 맹상무 -

자고 뛴다. 한쪽은 잡아서 살기 위해 다른 한쪽은 죽지 않기 위해 사력을 다하는 것이다. 하지만 똑같은 노력을 함에도 불구하고 왜 사자만 동물의 제왕일까? 단순히 둘의 노력은 '양'의 관점에서만 보면 비슷하다. 그럼 노력의 '질'이 다른 것일까? 아니다. 서로 살자고 온 힘을 다해 전력투구하니 질도 크게 다르지 않다. 문제는 노력의 부호다. 사자의 노력은 자의적이고 임팔라의 노력은 타의적이기 때문이다. 결국 어디서나 삶의 문제의 정답은 태도로 귀결된다. 노력의 크기도 중요하다. 크기는 순간의 전투에서 승패를 결정한다. 하지만 노력의 크기보다 더 중요한 것이 노력의 부호이다. 그것이 능동적(+)이냐 혹은 수동적(-)이냐에 따라 우리 인생의 먹이사슬의 위치(position)가 결정되기 때문이다. 그러니 아무런 생각 없이 죽자고 노력'만' 하지 말자. 주체적으로 노력하자. 그래서 자신만의 인생에 제왕이 되자.

041 불공평한 포커 게임

인생은 불공평하다. 환경적으로 유전적으로 모든 사람은 다른 출발선에서 시작한다. 그래서 모두가 일곱 장을 들고 플레이를 할 것 같지만 누군가는 10장을 누군가는 20장을 들고 더 좋은 조건에서 나오는 조합으로 승부를 낸다. 일곱 장만 들고 있는 평범한 수저들은 고달프다.

분명히 불리하다. 20장을 가진 자들은 더 좋은 패가 들어올 확률이 당연히 높다. 하지만 자세히 들여다보면 인생의 작은 비밀이 보인다. '확률'이 높은 것은 기대에 불과하다. 절대적으로 승리가 결정된 것이 아니라는 것이다. 실제로는 언제나 패를 뒤집어 봐야 한다. 확률이 낮아도 나에게도 기회는 있는 것이다. 상대방이 20장을 들어도 내 손에 풀하우스 정도가 들어오면 승부를 내볼 만하다.

불공평한 게임에서 이기고 싶은가? 그렇다면 죽어라. 죽고 또 죽어라. 게임에 남아 있을 만큼의 체력은 가져라. 그렇게 버티면 기회는 온다. 그때 승부를 내라. 덤빌 때 조심해라. 흥분해서 도전하면 상대편에서도 접는다. 힘들게 잡은 기회를 허무하게 놓칠 수도 있다. 그러니 신중하자. 끈기 있게 버티면 반드시 기회는 온다. 차분히 그리고 냉정하게 게임을 준비하자.

042 어른이 된다는 것

꼿꼿한(ㅣ) 내 마음을 굽힐(ㅡ) 줄도 아는 게
어'린'이가 어'른'이 되는 것이다.

043 국가 경쟁력을 올리는 현실적인 방법

1. 자기 일에 자존감을 높이기
2. 조금씩 이타적으로 살기
3. 스스로에게 정직하기
4. 배운 것을 나누기(그러기 위해 깊게 공부하기)
5. 감정과 사실을 분리하기
6. 기본 한자는 외우기
7. 구글로 검색할 만큼 영어 독해 실력 키우기
8. 나이 타령 그만하기
9. 남이 말할 때 제발 닥치고 듣기
10. 모르는 것 부끄러워 말고 질문하고, 질문 받으면 상냥히 대답해주기
    (잘 모르면 화내지 말고 모른다고 솔직하게 말하기)
11. 업무/공부 시간에 제발 스마트폰 사용 안 하기
12. 낮은 층수는 계단으로 가기

044 인생 요령 Ⅳ

1. 책 읽은 후 무엇을 읽었는지 잘 모르겠으면 다시 읽어야 한다. 그래도 모르겠으면 또 읽어야 한다. 그래도 또 모르겠으면 또 읽는 방법밖에 없다.

(그렇게 하기 싫다면 애초에 읽지를 말아야 한다.)

2. 편리해지는 것이 무조건 발전을 의미하는 것은 절대 아니다.

(우리가 자동차 많이 타서 비만해지고, 스마트폰 많이 써서 집중력이 약해지는 것을 보면 쉽게 알 수 있다.)

3. 실제로 보고 듣고 느끼면 감동의 레벨이 다르기 때문에 경기장, 공연장, 전시장은 자주 가보는 것이 좋다.

(TV로 봐도 충분해서 그럴 필요가 없다는 사람은 평생 진짜 대게 먹지 말고 게맛살이나 먹을 일이다.)

4. 시험 볼 때 '족보' 같은 것을 통해서 공부하면 안 된다.

(성적표에 좋은 학점은 어쩌면 남겠지만 머리에는 남는 게 없다.)

5. 받는 기쁨보다 주는 기쁨에 익숙해져야 한다.

(그래야만 기쁨의 타이밍을 내가 결정할 수 있게 된다.)

045 암순응

다음과 같은 경험은 모두가 있을 것이다. 갑자기 밤에 불이 꺼진 것처럼 밝은 곳에서 갑자기 어두운 곳으로 가면 그 순간에는 잘 안 보이다가 시간이 지나면서 물체들이 서서히 보이는 경우를 경험한 적이 있을 것이다. 이런 현상을 생물학적으로 암순응이라고 한다. 어두운 곳에서 물체를 보려면 로돕신(시홍)이라는 붉은 감광색소 단백질이 필요하다. 그래서 어두운 곳에 들어가면 밝은 곳에서 분해되었던 로돕신이 다시 합성이 되면서 차츰 더 많은 곳을 볼 수 있게 된다. 이렇게 로돕신의 합성이 늘어나면 날수록 시세포의 역치는 점점 내려가고, 밝은 곳에 있을 때와 어두운 곳에 있을 때 시세포의 역치는 가장 클 때 만 배 이상 차이가 난다. 그리고 완전 암순응이 되기까지는 보통 45분 이상이 걸린다고 한다.

이런 암순응의 원리를 우리 삶에도 적응 시켜볼 수 있다. 첫 번째는 우리가 새로운 조직에 들어갔을 때이다. 새로운 조직은 내가 잘 모르는 게 많고, 시스템에 익숙하지 않기 때문에 업무적으로 놓치는 게 많다. 그럴 때는 너무 서두르지 않고 '업무세포' 역치를 낮추어야 한다. 그렇게 되려면 작은 디테일들을 하나씩 마스터하려고 노력해야 된다. 처음부터 조바심이 나서 성과를 빨리 내려고 하는 것은, 어두운 곳에서 아직 로돕신이 충분히 만들어지지 않았음에도 불구하고 뛰겠다는 것과 똑같다. 잘 보이지도 않는 상황에서 뛰면 결국 넘어지거나 부딪쳐서 다치고 만다. 그래서 오히려 사기만 꺾이게 된다. 그러니 작은 일들을 차분히 마스터 하면서 '업무로돕신'의 형성을 기다리자. 조금씩 익숙해지면 업무의 큰 그림이 더욱 뚜렷이 보이게 될 것이다.

두 번째는 살면서 갑자기 자신의 상황이 안 좋아질 때이다. 살다 보면 운이 없건 혹은 자신의 실수건 상황이 나빠지는 경우를 종종 경험하게 된다. 특히 위기가 예상치 못하게 갑자기 닥쳐왔을 때 우리는 눈앞이 캄캄해진다는 표현을 쓰고는 한다. 그렇게 캄캄해지면 절대 당황하면 안 된다. 이럴 때는 사회적 암순응의 시간이 필요하다. 분해되었던 로돕신이 합성되어 생물학적으로 완전 암순응이 되는 것도 최소 45분이 걸리는데 하물며 인생에서 문제가 생겼을 때 허둥지둥한다고 바로 문제의 해결책이 바로 보일까? 생물학적 암순응처럼 우선은 악화된 상황에 적응하는데 시간이 걸린다는 사실을 잊지 말자. 조금씩 적응이 되면 아주 캄캄한 최악의 상황에서도 실마리는 서서히 보이기 시작한다. 그런 실마리를 보려면 로돕신 같은 역할을 해주는 무언가가 필요한데 그것은 바로 감사이다. 사소한 것에도 고마움을 느끼는 '감사단백질'이 빨리 합성이 되어야 최대한 빨리 어둠 속에서 희망을 볼 수 있게 된다.

새로운 환경으로 진입할 때 또 위기가 갑작스럽게 찾아왔을 때, 당황하지 말고 방 안의 불을 끄자. 그리고 서서히 어둠 속에서 보이는 과정을 느껴보자. 그렇게 어둠 속에서 서서히 볼 수 있다는 사실을 통해 우리는 태생적으로 위기에 적응할 수 있고, 감사할 수 있다면 위기에서도 실마리를 찾을 수 있다는 사실을 잊지 말자.

046 두 명의 축구 선수

두 명의 축구선수가 있다.

한 명은 4년간 중앙 미드필드로 활동하면서 한 시즌 평균 2골 정도를 기록하였다. 국가대표 유소년 팀에도 한 번 발탁은 되었지만 부상으로 크게 활약은 하지 못했다. 4년간의 선수 생활이 그의 축구 인생의 전부이다. 본인은 스스로의 선수 생활을 '삼류'라고 평가했다고 한다. 또 다른 한 명은 명문 팀에 입단하지 못해 코치와 선수를 같이 병행한다. 오전에는 유소년 팀을 지도하고 오후에 팀 훈련을 참가했다. 그 능력을 인정받아 명문 팀으로 스카우트 되지만 주전경쟁에서 살아남지 못하고, 다시 친정 팀으로 복귀한다. 그렇게 몇 년 더 친정 팀에서 활약한 후 임대 선수로 타 리그를 오가며 결국 선수 생활을 마감한다.

둘 다 위대한 선수로 보이는가? 전혀 그렇지 않다. 심지어 평범하기보다는 평균보다 능력이 조금 떨어지는 선수들로 보인다. 그들은 위대한 선수는 아니었다. 하지만 그들은 훗날 두 위대한 감독이 된다. 첫 번째 선수가 Special One 주제 무리뉴 감독이고 두 번째 선수는 대한민국의 영원한 감독 거스 히딩크 감독이다. 무리뉴 감독은 어린 시절의 선수로서는 본인을 삼류라고 칭했지만 상대팀의 약점을 찾아내는 감독으로서의 자질을 일찌감치 인정받았다고 한다. 또 축구 지도자의 길을 걷기 위해 스코틀랜드로 가서 영어 공부를 하고 여러 프로팀에서 통역을 하면 지도자의 경력을 착실히 만들어 나갔다. 히딩크 감독 또한 특이한 이력이 있다. 그는 나이메이건이라는 프로팀에서 선수로 활약할 때 체육교사를 동시에 겸임했다. 일반적인 체육교사가 아니었고 특수학교에서 장애아들을 지도하는 체육교사였다. 특별한 아이들을 가르쳤다는 최고의 경험은 훗날 그가 특별한 선수들을 다루는 감독생활을 하는데 엄청난 자양분이 되었다. 또 흥미로운 점은 두 감독의 공통점으로 영어에 상당히 능통하다는 것이다. 히딩크 감독은 네덜란드 출신이고, 무리뉴 감독은 포르투갈 출신이다. 그럼에도 불구하고 영어로 의사소통이 전혀 문제가 없기 때문에 그들은 세계 어느 나라나 클럽의 지휘봉을 잡아도 쉽게 의사소통을 하고 프로 감독으로 가장 중요한 언론과의 소통에도 전혀 문제가 없었다.

그들은 인생의 많은 부분을 축구 자체와는 직접적으로 관련 없는 (하지만 나중에 엄청난 통찰력과 감독으로서의 능력을 준) 통역과 교사 같은 일을 꾸준히 수행했다. 또 기본능력(영어로의 소통 능력)을 아주 탄탄하게 다졌다. 그런 일련의 과정들이 차곡차곡 누적되어 훗날 최고의 축구감독이 되는 자양분이 되었다. 지금 당장 우리도 우리가 원하는 목표에 도달하지 못한다고 낙담하고 좌절할 일이 아니다. 한 번에 못 도달하면 여러 번에 나누어서 도달하려는 계획적인 노력이 필요하다. 이 두 감독에게서는 우리는 배워야 한다. 젊어서 빛을 보지 못했다고 영원히 기회가 없는 것은 절대 아니라는 것을 반드시 배워야 한다. 또, 그들의 성공이 단순한 성공이 아니라 꾸준하게 준비된 성공이었다는 사실도 배워야 한다. 선수로 화려한 인기는 얻지 못했지만 감독으로서의 영원한 존경을 얻었다는 사실을 기억해야 한다.

047 절호의 기회

그럴 때가 있다.
아주 드물지만 하고 싶은 일이랑 해야 되는 일이랑 겹칠 때가 있다.
그럴 때는 인생 걸어야 한다.
인생 걸어도 성공이 보장되는 것은 아니다.
성공할지 실패할지 미래는 아무도 모른다.
처참하게 부서질 수도 있다.
하지만 그런 절호의 기회가 왔을 때 모든 것을 쏟아내지 않으면,
평생 후회라는 주홍글씨를 지울 수 없기 때문에 모든 것을 걸어야 한다.
성공을 쟁취하기 위함이 아닌 후회를 남기지 않기 위해 목숨 걸어야 하는 것이다.
그러니 기회가 오면 뒤돌아보지 말자.
건곤일척의 승부를 내보자.

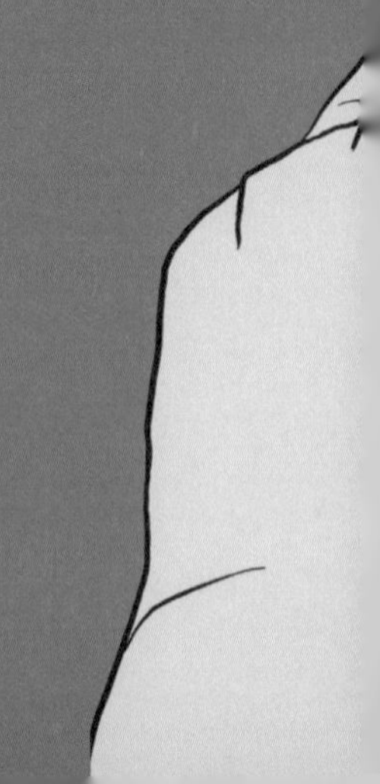

ALL IN!

048 미래 사회

앞으로의 미래는 더 비약적으로 발전할 것인가? 내 생각은 아니다.

우선 엄청난 미래 성장의 근간은 IT 기기의 발달에 있는데, IT 기기의 심장과도 같은 핵심 부품인 트랜지스터의 발달이 사실상 세츄레이션(포화) 구간에 진입했다. 굳이 전자공학을 몰라도 486, 586, 펜티엄 2, 이런 식으로 업그레이드되면서 컴퓨터의 성능이 2배씩 올라간 것에 비해, 요즘 2014, 2015년 스마트폰 혹은 태블릿 피씨들의 성능 향상이 고만고만한 것을 보면 쉽게 알 수 있다. 옥타코어처럼 CPU를 병렬로 꾸준히 연결하면 되는 것 아니냐고 반문할 수 있지만, 덮어 넣고 CPU 숫자를 늘리면 나중에 스마트폰 사용하다가 손에 화상 입을 수도 있다.(사실 지금도 오래 쓰면 뜨거워 죽겠다.)

AI(인공지능) 같은 기술도 휴대의 용이성과 컴퓨터만큼 성능이 좋아진 모바일기기들 덕분에 온라인에 충분한 자료(사진, 글)들이 축적되어 획기적으로 진보했지만 한계는 명확한 것 같다. 결국에는 우리가 입력한 충분한 자료들은 어느 시점에서 중복 데이터가 되기 때문에 데이터가 더 많이 축적되는 것도 무의미해질 것이다. 더 진보된 AI가 되려면 우리가 더 고급 정보를 입력해줘야 하지만 전자기기에 대한 더 많은 의존으로 사고력이 점점 퇴화하고 그리고 점점 더 많은 피상적인 활동을 온라인에서 하는 우리들에게서 고급 정보가 입력될 가능성은 희박하다. 이런 이유들로 나는 AI의 철학적 한계도 명확하다고 생각한다.

모빌리티(이동) 혁신은 언제나 세상의 패러다임을 바꾼다. 자동차와 비행기의 등장은 공간적 제약을 극복해 우리의 육신을 자유롭게 해주었고, 인터넷 및 모바일 기술은 공간적 제약 및 시간적 제약까지 극복 아니 초월하여 우리의 생각의 이동을 자유롭게 해주었다. 그 다음은? 없다.(영혼 '드립'은 도저히 받아줄 수가 없다.) 오히려 육체적 자유는 운동부족으로 인한 육체적 퇴화로, 사고의 자유는 생각의 결핍으로 인해 정신적 퇴화로 귀결되고 있는 것이 현실이다. 사람들은 막연하게 새로운 세상을 동경하지만, 우리가 살 앞으로의 20년 뒤는 지금에 비하여 크게 발전하지 않을 것이라고 나는 조심스레 예측한다.(스마트폰이 내 음식 주문 패턴을 보고 저녁을 추천하는 일을 굳이 '혁신'이라고 할 수는 없는 노릇 아닌가?) 우리를 기다리는 것은 절대 극적으로 발전한 미래가 아니다. 적정선에서 한계는 수면으로 떠오를 것이고 그때가 모든 IT버블(스타트업 및 로봇 등)의 대붕괴의 시작이 될 것이다. 사실 만약 큰 변화가 있다면 단순노무 인력들이 차츰차츰 기계로 대체되면서 그 잉여의 숫자가 임계점을 넘을 때 오는 혼란일 것이다. 과연 그때 혼란이 얼마나 클지는 상상도 안 되고 예상컨대 충격은 실로 금융위기나 전쟁 이상의 수준이 될 수도 있을 것이다. 주기가 충분히 길어서 익숙해질 만하면 망각하게 되지만, 어차피 자본주의 중심 알고리즘이 톱니파(거품과 붕괴) 사이클 아니던가? 그러니 기술에 대한 종교적 맹신은 이제 그만하고 어떻게 인간답게 살 것인지 다 같이 지혜를 모아 고민해야 될 시점인 것 같다.

049 기본 원리

당연함이 노력이라는 작은 이자를 달고 복리로 누적이 되어야 특별함이 된다. 특별함으로의 퀀텀 점프는 없다. 만약에 있다면 그렇게 한 번에 올라간 만큼 한 번에 떨어질 확률도 공존하게 된다. 그렇게 한 번의 성공이 한 번의 실패로 끝나면 제로섬이 되는 것이 아니다. 허영심이라는 흉터가 남는다. 그러니 꾸준하자. 그래야 아름다운 결과들을 얻을 뿐만 아니라 지킬 수도 있는 것이다.

050 모순 덩어리 = 사람 마음

부모의 마음: 아기를 키우는 부모에게 언제 아이가 가장 예쁘냐고 질문하면 독보적인 일 위는 '잘 때'다. 오죽하면 잘 때는 천사 같다고 할까? 똑같은 아이가 자라서 중학생이 되고 고등학생이 되면 "넌 왜 공부 안 하고 잠만 자냐?" 구박하면서 잠자던 천사는 어느새 원수가 된다. 나도 우리 아기가 크면 똑같이 변할 텐데…… 슬프다.

회사원의 마음: 뽑아만 주면 뭐든지 다 할 것 같았다. 하지만 이렇게 보니 상사랑 전생에 천생연분 부부였나 보다. 지금 생에서는 악마로 보이니 말이다. 어떻게든 기회만 생기면 그만두고 이직하고 싶다. 이직해보니 구관이 명관이더라. 또 막상 나와서 돌아보면 세상이 지옥이고 직장은 전쟁터라고 한다. 사람 마음이 그렇다.

대중의 마음: 누군가 기부를 전 재산을 기부했다고 하면, "정말 대단한 사람이다!" 한다. 그럼 본인도 대단한 사람이 될 수 있는데 거부한다. 막상 내 시간 내 돈 들여 남 도와주려고 하면 아깝고 싫다. 베푸는 기쁨이 참 크다는 걸 알면서도 받는 기쁨에만 집착하는 우리 마음이 그렇다.

자식의 마음: 그렇게 듣기 싫던 부모님 잔소리. 부모가 되어 보니 똑같이 하고 있다. 또, 생일에 명절에 얼마를 용돈으로 드려야 되지 하고 스트레스 받다가 막상 돌아가시면 계실 때 더 잘해드릴걸 하는 게 자식 마음이다. 그래서 나도 부모님께 더 잘해야겠다.

연인의 마음: 처음에 사랑에 빠졌을 때는 '다' 이해해줄 수 있었는데, 그 용암 같은 사랑이 식어 가면 '더' 이해받기를 바란다. 영원할 것 같았다. 하지만 나도 모르게 변한다. 그래서 초심을 기억하려고 의식적으로 노력해야 한다.

세상이 참 내 마음대로 안 된다. 그럴 수밖에 없다. 우리 마음이 이렇게 모순으로 가득 찼고 우리가 세상을 가득 채웠는데, 세상이라고 버텨낼 재간이 있을까? 세상이 그렇다.

051 올바른 목적

1. 교육의 목적은 현 제도를 비판하고 개선하는 능력을 키우는 것이다. 기존의 시스템을 옹호하는 추종자를 만들기 위해 세뇌시키는 과정이 아니다.

2. 양육의 목적은 자녀의 독립이다. 자신의 대리만족을 위해 아바타를 양산하는 것이 아니다.

3. 여행의 (또 다른) 목적은 기존의 내가 살던 곳을 낯설게 하는 것이다. 그래서 모든 것을 새로운 시각으로 바라보게 하는 것이다.

4. 결혼의 목적은 서로 더 사랑하기 위함이다. 서로에게 더 얻으려고 하면 불화는 피할 수 없다.

5. 조언의 목적은 도와주기 위해 객관적으로 바라봐주는 것이다. 자신의 기준으로 상대방 상황을 판단하는 것은 참견일 뿐이다.

6. 인생의 목적은 성장이다. 성공은 성장의 누적에 따른 확률적인 결과물에 불과하다.

7. 내가 이렇게 글을 쓰는 목적은 무지한 나 자신을 끊임없이 일깨우기 위해서이다. 일종의 다짐과도 같은 것이다.

052 깊게 공부해야 되는 이유

우리는 왜 그리고 어떻게 깊게 공부해야 하는가?

용어: 깊게 공부하여 전문분야로 들어가면 가장 어려운 점이 새로운 어휘들의 장벽을 넘어야 된다는 점이다. 단순히 용어의 사전적 정의만 안다고 해서 멀리 나아갈 수 있는 것은 아니다. 무릎을 탁 치면서 개념과 의미를 깨달아야 조금씩 더 깊게 들어갈 수 있다. 언어는 사고의 반영이다. 뒤집어 생각하면 사고는 언어의 의해 확장된다. 전문가들은 새로운 용어를 작명할 때 절대 아무렇게나 만들지 않는다. 어떤 비유나 유추 또는 뜻의 확장을 통해 체계적으로 어휘를 만든다. 그렇게 단어의 탄생 배경까지 이해하게 되면 추후에 다른 분야를 공부 할 때도 훨씬 수월하게 공부할 수 있다.

Saturation(포화): 깊게 공부하면 할수록 노력 대비 이해의 속도가 점점 떨어지게 된다. 깊이를 넘어서 미지의 영역을 탐험하거나 새로운 창작물을 만드는 경우는 느려지는 정도가 아니라 성장 정체를 경험한다. 이게 순리이다. 그래서 이렇게 포화상태를 경험하면 디테일이란 무엇인가를 깨닫게 된다. 최고 수준에서는 아주 작은 성장밖에 없기 때문에 디테일을 캐치(인지)하지 못하면 배움도 없고, 나의 성장도 표현할 수 없다. 대가들이 작은 성장을 만들기 위해 얼마나 큰 노력을 하는지 깨닫게 되면 겸손이라는 덕목을 배우게 된다.(사실 명품이라는 제품들이 비싼 이유는 순전히 디테일 때문인데, 명품의 어떤 점이 좋은지 모르고 그냥 사는 경우가 부지기수이다.)

기준: 그렇게 깊게 공부해 한 분야의 전문가가 되면 세상을 보는 자신만의 잣대를 갖게 된다. 자신의 분야에 관한 뉴스들을 접하게 되면 얼마나 비전문가들이 (보통) 과대평가를 하는지 알게 된다. 그런 상황을 반추하여 나도 얼마나 거품 낀 세상을 바라보고 있는지 깨닫게 된다. 보통 대가들이 하나를 깊게 파면 세상이 보인다고 표현하는 것이 이런 경우를 의미하는 것 같다. 진짜 전문가는 자신이 모르는 분야에 대해 경솔히 언급하지 않는다. 이것저것 다 떠들고 다니는 경우는 전문가이기보다는 사기꾼인 경우가 태반이다.

Networking(인맥): 전문가는 전문가를 신뢰하고 대화하기를 원한다. 자신의 분야에 깊이가 생기면 수준 높은 사람들을 만나게 된다. 단단한 네트워크를 만들 수 있게 되는 것이다. 실력도 없으면서 여기저기 돌아다니면서 사람과 어울리는 것은 지식 혹은 정보 구걸밖에 안 된다. 깊게 파고 들어가면 편협한 사람이 될 것 같지만 역설적으로 더 넓은 인맥이 생긴다. 그러니 자신의 한계치를 넘어서 더 깊게 파고 들어가자. 충분히 깊게 파고 들어가면 세상은 서로 통하고 있는 것을 경험하게 될 것이다.

053 Game vs 인생

1. 게임에서 캐릭터의 성장은 대부분 투입되는 시간과 비례한다. 하지만 인생은 그렇지 않다. 인생에 성장은 물이 끓는 것과 비슷하게 포화구간(saturation)과 임계점(tipping point)을 극복해야 한다.

2. 게임에는 저장 기능이 있어서 언제든지 실패 전으로 되돌아 갈 수 있다. 그러나 인생은 그런 것 없다. 순간에 최선을 다하는 방법이 실패의 확률을 최소화하는 유일한 방법이다. 인류의 제과기술이 아무리 발전했어도 아직 최고의 셰프들도 '안전빵'은 못 만든다.

3. 게임은 목표가 단순해서 몰입이 쉽게 되는 것이다. 인생은 목표가 단순하지도 않고 때로는 존재하지도 않는다. 그래서 인생에서 언제나 가장 중요한 스텝은 목표설정이다. 올바른 목표를 가지고만 있어도 이미 반은 성공한 인생이라고 해도 과언은 아니다.

4. 게임은 하다가 열 받으면 상대방에게 화를 내도 되고 게임을 중단해도 된다. 하지만 인생에 중단이라는 것은 없다. 감정의 분출은 관계를 파괴할 수도 있다. 평정심을 가지고 꾸준하게 노력하는 것이 인생 성공의 유일한 열쇠이다.

054 챔피언스 리그를 보며

챔피언스 리그. 말 그대로 챔피언들의 싸움이다. 단판 결승전. 이런 블록버스터급 대결이 있을 때마다 난 생각한다. 단지 누군가의 승리를 점치고 열렬히 응원하기보다는 경기 전 선수들과 감독의 심리적 압박감은 어떨까 하고 상상해본다.

승자에게는 천국의 문 그리고 패자에게는 지옥의 나락이 기다리고 있다는 매스컴이 조성한 분위기. 실제 아레나(경기장)에 들어서서 동물같이 포효하는 소리만 들었을 때 우리 편인지 상대편인지 구분도 안 가는 광신도들에게 둘러싸인 느낌. 모든 것을 다 걸고 오늘 이 경기장에서 죽겠다고 나온 전사들의 비장함. 누군가는 승자가 누군가는 반드시 패자가 되는 그 얄궂은 운명.

언젠가는 꼭 경험해보고 싶다. 생각만 해도 벌써 힘들지만 저런 대결에서 모든 것을 다 쏟아내고 패자가 되어 보고도 싶다. 그 감정의 수렁에서 서서히 벗어나는 그래서 다시 왕좌를 되찾기 위해 칼날을 가는 그런 상황 속에도 들어가보고 싶다. 오랫동안 이를 악물고 준비한 복수전에 또 무참히 박살 나보고도 싶다. 아주 쓰라린 아픔을 통해 인생을 조금 더 깊게 느껴보고 싶다. 그런 인생의 담금질을 통해 최고로 성장하고 싶다.

언제나 챔피언스 리그를 보고 카메라에 비친 입장 전 선수들의 오묘한 표정을 지켜보고 있으면 『슬램덩크』 북산고 안 감독의 명언이 생각난다. "시합 전의 공포심은 누구라도 있는 법. 두려움 그 자체를 받아들여, 그것을 뛰어넘을 때야말로 비로소 최고의 정신 상태에 이르는 것이다." 나도 언젠가 반드시 나만의 챔피언스 리그에 출전해보고 싶다. 단호한 결의를 통해 인생의 챔피언이 되어보고 싶다. 여러분도 꼭 그러기를 진심으로 기원한다.

055 북산고 안 감독의 인생조언

1. 성장 과정

- 풋내기가 상급자로 가는 과정은 자신의 부족함을 아는 것이 그 첫 번째.

2. 현실과 한계 극복의 방법

- 태웅 군의 플레이를 잘 보고 훔칠 수 있는 건 전부 훔쳐야 하네. 그리고 태웅 군보다 3배 더 연습할 것!! 그렇게 하지 않으면 고교시절 동안 절대 그를 따라잡을 수 없어요.

3. 조직과 나

- 널 위해 팀이 있는 게 아니야. 팀을 위해서 네가 있는 거다.

4. 단호한 결의

- 전국제패를 달성하고 싶다면, 이젠 무슨 상황이 벌어지더라도 동요되지 않는 단호한 결의가 필요한 겁니다.

5. 기적의 시작

- 100% 게임에 집중하기 시작했군요. 이럴 때 기적이라는 것이 일어나는 거예요.

6. 늦은 때란 없다

- 서두를 것 없네. 지금부터니까 말일세.

7. 최고의 승부를 위한

- 시합 전의 공포심은 누구라도 있는 법. 두려움 그 자체를 받아들여 그것을 뛰어넘을 때야말로 비로소 최고의 정신 상태에 이른 것이다.

8. 진짜 종료 휘슬

- 마지막까지 희망을 버려선 안 돼. 단념하면 바로 그때 시합은 끝나는 거야.

9. 초보자의 장점

- 초보자이기 때문에 이상한 게 당연한 거예요. 오히려 나쁜 버릇이 없어 다행이에요.

056 인생 연립 방정식 II

1. 남의 떡이 커 보인다.

2. 역지사지(易地思之)

남도 내 떡이 커 보인다. 그러니 부러워하지 마라.

어쩌면 젊음은 많은 것을 가진 중년을 부러워하고 중년은 가능성을 가진 젊음을 부러워한다. 또 어쩌면 평범한 우리는 화려한 스타를 동경하고 스타는 하루라도 소박한 삶을 살기를 원할지도 모른다. 취준생은 안정적인 회사원을 동경하고 회사원은 아직 제대로 도전할 수 있는 취준생이 부러울지도 모를 일이다.

057 밸런스

인생은 밸런스(균형잡기) 문제이다.

나아가기 위해서는 현실을 넘어선 이상적인 생각이 필요하다.
살아남기 위해서는 예상보다 참혹한 최악의 상황에 대한 준비가 필요하다.
목표 추구와 리스크 매니지먼트 사이의 적절한 밸런스는 성공하는 인생의 필요충분조건이다.

058 바나나의 멸종

카벤디쉬 (Cavendish)?

꼭 미국 몇 번째 대통령일 것 같은 이 이름은 우리가 매일같이 먹는 바나나의 품종명이다. 다른 바나나 종을 먹었을 수도 있다고 생각할지 모르겠지만 오산이다. 현재 식용으로 재배되는 바나나의 95%는 카벤디쉬 품종이다. 카벤디쉬 품종은 사실 영양과 맛 면에서는 좋은 바나나는 아니지만, 껍질이 다른 바나나에 비해 단단해서 수송에 용이하기 때문에 우리가 먹는 단 하나의 바나나라는 왕좌에 오르게 되었다. 수차례의 개량으로 맛과 영양도 크게 향상되어서 이제는 모두가 즐겨먹는 바나나로 전혀 손색이 없다. 하지만 문제가 발생하였다. 바나나 마름병이 창궐하면서 현재 전 세계적으로 바나나가 곰팡이에 전염되어 죽어가고 있다. 실제로 1950년 전에는 그로스 미셸(Gros Michael)이라는 품종이 대표 품종이었으나, 파나마에 창궐한 바나나 마름병 때문에 실질적으로 모든 농장이 그로스 미셸을 경작을 포기하였다. 그로스 미셸의 바나나 왕좌를 넘겨받은 것이 바로 카벤디쉬였으나 기존의 바나나의 제왕이 걸어갔던 몰락의 길을 따라가고 있는 것이다. 혹자는 바나나 한 번 안 먹는 게 그리 대수냐고 말할 수 있다. 하지만 그렇게 간단한 문제가 아니다. 바나나는 밀, 쌀, 옥수수와 함께 세계 4대 식용작물이다. 나라에 따라 차이는 있겠지만 전 세계적으로 바나나는 일 년에 평균 일인당 130개 정도가 소비되고 있다. 우리에게는 단순한 기호식품일 수도 있을지 모르겠지만 어떤 이에게는 중요한 식량이기도 한 것이다.

이 엄청난 문제가 왜 초래되었을까? 바로 **다양성의 부재** 때문이다. 앞에서 언급된 것처럼 상품성이 뛰어나다는 이유로 95% 이상의 바나나가 카벤디쉬 단일 종으로 재배된 것이 화근이 된 것이다. 우리는 당장 바나나가 주 식량원이 아니기 때문에 사실 큰 불편함은 느끼지 못하겠지만, 이런 큰 인적 재앙에서 인생의 교훈을 얻지 못한다면 그것이야말로 보이지 않는 사회적 재앙일 것이다. 고압적인 관료주의가 만연한 대한민국에서는 다양성을 꽃 피우기란 그렇게 쉬운 문제가 아니다. 하지만 쉽지 않다고 그냥 방치하고 방관하면 세상마름병을 초래하는 사회적 곰팡이가 우리 사회를 순식간에 멸종시킬지도 모를 일이다. **다양성은 꼭 존중받아야 한다. 다름을 무의식적으로 틀림으로 간주하는 것이 대재앙의 씨앗이 될 것이다.** 대한민국은 아주 빠른 성장을 이루었다. 그래서 기성세대는 자신들의 방식이 절대적으로 옳다는 신념을 가지고 있고 그리고 끝까지 고수하고 싶어 한다. 그럴수록 바나나 한입 베어 물어 먹으면서 바나나의 과거와 미래를 통해 깨달아야 한다. 다양성이 당연하게 인정받지 못하는 사회는 한 순간에 멸종할 수 있다는 사실을 아주 철저하게 인식해야 할 것이다.

059 FA와 조직개편

2013년 12월 22일 미국 메이저리그 FA(Free Agent) 시장에 나온 추신수는 텍사스 레인저스와 7년에 1억 3천만 달러라는 초대형 계약을 이루었다. 단순히 한국인으로서의 초대형 계약이 아니라 미국 역대 27위에 해당하는 최고 대우의 계약이었다. 이렇게 FA 시장은 실력 있는 프로선수들에게 자신들의 능력을 인정받는 최고의 기회이다. FA를 통한 대박 인생 이야기는 꼭 프로 운동선수에만 해당되는 이야기일 것 같지만 절대 그렇지 않다. 지극히 평범할 것 같은 우리의 일상에도 FA 시장은 언제나 열린다. 그중 대표적인 예가 바로 회사의 조직개편이다. 회사 생활에서 단연코 가장 뒤숭숭한 시기는 조직개편 시즌이다. 사실 조직개편이 뒤숭숭하다는 것은 그만큼 많은 사람들이 자신의 실력에 자신이 없다는 반증이기도 하다. 상사들은 당연히 유능한 사람들과 같이 일하고 싶어 한다. 내 실력이 차고 넘친다면 조직개편을 두려워할 것이 아니라 기회로 삼아야 한다. 평소에 불합리 속에서 일했다고 판단되면 당연히 새로운 처우를 위해 '네고'에 임할 수 있어야 한다. 추신수처럼 몇백억을 연봉으로 받을 수 있는 것은 아니지만 고과협상이나 업무 처우 개선 등을 통해 자신의 능력을 조금 더 인정받고 삶의 질도 더 올릴 수 있다. 실제로 많은 실력 있는 지인들은 조직개편을 전혀 두려워하지도 않고 언제나 기회로 삼는다. 실력이 자타공인 최고인 프로 선수들이 국내에 만족하지 않고 해외로 눈을 돌리는 것처럼 업무 능력이 너무 뛰어나 내 그릇이 지금 조직에 맞지 않는다고 생각하면 조직개편을 넘어선 이직을 고려하면 된다. 다시 한 번 강조하고 싶은 점은 이 모든 것은 충분한 실력이 있어야 가능하다는 것이다. 실력도 없으면서 대박을 꿈꾸면 결론은 낙동강 오리알이다. 프로들의 FA 시장 뉴스를 보면서 누가 몇십억을 받아서 부러워만 할 것이 아니라 과연 나는 FA 시장에서 얼마만큼의 값어치로 평가 받을 것인지 한 번쯤은 고민해볼 일이다. 스스로에 대한 냉철한 평가를 통해 소모적인 불평불만은 그만하고 모두가 각자의 위치에서 프로답게 살아가는 분위기가 만들어지면 좋겠다.

060 인생 요령 V

1. 칭찬의 연료는 여유다.
내가 여유가 없으면 칭찬은 절대 불가능하다.

2. 남과 다름을 두려워하지 마라.
그리고 틀림을 다름으로 우기지도 말아라.

3. 시장이 최고의 반찬이고,
피로가 최고의 베개이다.

4. 복잡한 문제의 해결의 시작은
가장 단순한 문제를 해결하기 시작하는 것이다.

5. 행복을 원하면서 행운을 좇지는 말아라.

061 지극히 개인적인 관찰 실험

관찰 실험 @ 통근 버스

1. **통근 위치:** 판교부터 아산

2. **통근 시간:** 왕복 세 시간

3. **탑승인원:** 대략 40명

4. **2년 관찰 결과:** 60% 잠, 35% 스마트폰으로 게임 및 웹서핑, 5% 학습

5. **시사점:** 관찰 실험을 진행하는 당시 분당은 강남 3구를 제치고 전세가 가장 비싼 지역 1위를 차지했다. 직장도 대기업인 삼성 디스플레이였기 때문에 급여도 적지 않게 받는 분들이었다. 이 조건들은 관찰 대상들이 경제적으로 부족하지 않은 환경에 있었던 것을 의미한다. 충분히 대한민국 평균 이상의 소득과 학력을 가진 분들을 관찰한 것이다. 정말 열심히 꾸준히 관찰했다. 가끔 동영상 강의로 중국어를 공부하는 사람 혹은 아주 가끔 책을 읽는 사람 한 분 빼고는 아무도 공부 및 독서를 하지 않았다. 도저히 피곤해서 책 읽을 기운이 없었다고 변명할 수도 있다. 충분히 이해는 가지만 당시는 내가 초과근무 법적 제한 시간을 결재까지 받고 근무하던 시절이다. 나보다 피곤한 사람은 몇 있을 수 없었다고 생각한다. 책 읽다가 잠들어서 책을 몇 번 떨어뜨렸는지도 모르겠다. 하지만 시간이 없어서 그리고 아까워서 어떻게든 책 한 쪽이라도 더 읽으려고 노력했었다. 그렇게 통근버스에서만 일 년에 20권 이상은 읽었다.

생각보다 괜찮은 환경에서 살고 있는 사람들이 공부를 안 한다는 사실을 관찰 결과를 통해 알 수 있었다. 당장 부족함을 느끼지 못하기 때문에 타성에 빠지기 시작하는 것 같았다. 또 버려지는 시간을 잘 활용하면 생각보다 공부를 많이 할 수 있다는 사실도 직접 체험했다. 경쟁은 상대적이다. 잠재적 경쟁자가 노력하지 않는다면 나의 끈질긴 노력은 더욱 빛이 나게 되어 있다. 살면서 독서할 시간이 없다는 이야기를 정말 많이 듣는다. 과연 그들에게 정말로 독서할 시간이 없었을까? 아니면 독서할 의지가 없었을까? 세상에서 돈으로 살 수 없는 것 중 하나가 바로 시간이다. 그러니 이제부터라도 아무런 생각 없이 버려졌던 우리의 소중한 시간들을 절대 낭비하지 말자. 이 세상에 늦은 때란 없다. 지금부터 정신차리고 그냥 버린 점심시간이나 출퇴근 시간을 짬짬이 이용하여 일주일에 책 한 권씩은 꼭 읽자.(안 되면 한 달에 한 권이라도 읽자.) 그렇게 읽으면 일 년에 50권 20년이면 1000권이다. 낙숫물이 돌을 뚫듯이 그렇게 작은 시간과 노력이 인생의 한계를 뚫는 것이다. 그렇게 꾸준하게 제대로 1000권의 책을 읽는다면 100세 시대에 정년 퇴임 후를 걱정할 필요가 없을 것이다. 잊지 마라. 티끌 모아 태산이다. 자투리 시간을 잘 모으면 그것이야말로 최고의 노후 준비다.

062 문제 in 나

매일 새로운 문제가 튀어나온다. 정말로 이놈의 문제는 끊임없이 우리를 괴롭힌다. 이 수많은 문제들은 도대체 어디서 오는 것이란 말인가? 전생에 내가 나라라도 팔아먹은 것일까? 문제없는 인생은 절대 없다. 행복한 인생의 조건은 문제를 완전히 제거하는 것이 아니라 문제에 잘 대처해서 해결할 수 있는 능력을 구비하는 것이다. 그렇다면 문제를 어떻게 능수능란하게 대처할 것인가?

문제 해결의 시작은 문제의 원인이 나한테 있다고 생각하는 습관을 가지는 것이다. 엥? 왜 내가 잘못도 안 했는데 문제가 나한테 있다는 생각을 해야 되나? 그 이유는 원인이 나한테 있어야 내가 직접 해결할 수 있기 때문이다. 그러면 당연히 이런 반박이 나올 것이다. "진짜 문제는 우리 상사, 회사, 부하직원 즉 나 아닌 타인에게 있다. 그래서 내 탓이 아니다." 물론 그렇게 생각할 수 있다. 지극히 상식적인 사고방식이다. 그래도 그런 사람이나 집단과 내가 관계를 맺었기 때문에 여전히 내 탓이다. 만약 정말로 문제의 원인이 밖에 있으면 그 관계를 끊으면 된다. 쉽게 말하면 회사인 경우는 사직을 하면 되는 것이다. 그럼 또 이런 반응이 나올 것이다. "퇴사

가 장난이냐? 말이나 쉽지." 그렇다. 퇴사는 어렵다. 현실적으로 퇴사가 불가능한 것은 내가 당장 어떤 가치를 다른 곳에서 인정받을 수 없기 때문이다. 쉽게 말해 바로 돈을 못 벌기 때문이다. 결국 내 능력이 부족하기 때문에 관계를 끊을 수 없는 것이다. 안타깝지만 결국 나한테 원인이 있는 것이다. (실제로 많은 사람들한테 이야기 들어보면 능력 있는 사람이 회사를 나간다고 하면 어떤 절충안들을 회사에서 반드시 제시한다.) 그럼 최후로 이런 반박이 나올 것이다. "난 능력도 있고, 열심히 하는데 회사 정치에 희생당했다. 사직을 한다고 해도 붙잡지 않았다." 충분히 그럴 수 있다. 그래도 여전히 내 탓이다. 첫 번째로 그런 정신 나간 회사에 내 의지로 들어간 것이고, 둘째로 사태가 그 지경이 되도록 눈치채지도 못하고 아무것도 안 한 것이 다 내 잘못인 것이다.

세상에서 가장 편한 것이 그리고 제일 쉬운 것이 남 탓하는 것이다. 결코 쉬운 인생이란 없다. 쉬우면 개나 소나 다 잘 산다. 자꾸 남 탓하면 결국 내 인생은 남이 해결해줘야 한다. 그래서 힘들어도 그리고 답답해도 문제의 원인은 나한테 있어야 한다. 그래야 죽이 되든 밥이 되든 내가 해결할 수 있는 것이다. 원인에 대한 해결책은 없을지언정 최소한 원인이 나한테 있다고 인정하는 것이 내 삶을 주도적으로 살기 위한 첫걸음이다. 주도적 인생을 살게 되면 문제의 원인은 이미 나한테 있다고 결론짓고 있기 때문에 해결책을 찾는 것에 주력하게 될 것이다. 그러면 인생에서 훨씬 많은 문제들이 해결될 것이다. 그래서 문제의 원인은 내 안에 있어야 되는 것이다.

063 지극히 주관적인 회사가 원하는 실질적(practical) 인재의 조건

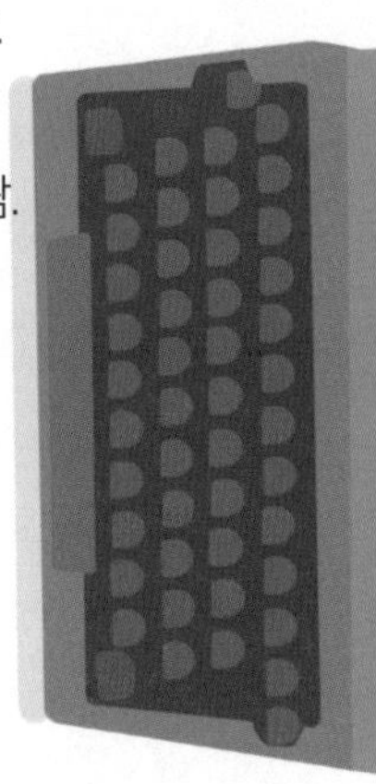

1. 많이 아는 것보다는 언제든지 배울 수 있고 실제로 잘 배우는 사람.
   (변화에 적응할 수 있는 능력)

2. 토익 950이 아니라 영어로 된 자료를 빨리 정확히 읽을 수 있는 사람.
   (Googling을 할 수 있는 능력)

3. 시나 추상화를 왜 읽고 보는지 아는 사람.
   (요약을 훌륭히 하는 능력 및 본질을 파악하는 능력)

4. 우수한 문서 편집 능력 및 시스템 구축이 가능한 사람
   (프로세스의 중요성을 알고 체계를 장악하는 능력)

5. 실패한 프로젝트도 자료화하는 사람.
   (일에 100% 성공은 없다는 순리를 알고 경험을 통한 내공을 쌓는 능력)

6. 강약을 조절할 줄 아는 사람.
   (상사가 '견'소리 할 때는 그러려니 하고, 중요한 순간에는 디테일을 챙기는 능력)

7. 데일 카네기의 인간관계론을 3번 이상 읽은 사람.
   (사람을 다룰 줄 아는 능력)

8. 교양 있는 사람
   (점심시간 및 쉬는 시간에 인생에 보탬 하나 안 되는 연예인 가십 말고 문사철 및 자연과학, 깊이 있는 취미 생활의 조예로 주변 사람에게 지적 행복감을 줄 수 있는 능력)

9. 홈런과 번트를 둘 다 할 수 있는 사람.
   (유능한 작전 수행과 동시에 해결사가 될 수 있는 능력)

064 정보의 홍수

스티브 잡스가 스마트폰이라는 판도라의 상자를 열어버렸다. 말 그대로 24시간 '정보의 홍수'다. 홍수는 넘쳐 난다는 뜻도 있지만 잘못되면 휩쓸려 죽는다는 뜻도 내포하고 있다. 하지만 사람들은 단지 정보가 많다는 사실만 받아들이고 자신이 그 정보에 휩쓸려 떠내려갈 수 있다고 인지하고 있는 경우는 매우 드물다. 정보의 홍수에서 살고 싶다면 깊은 독서를 통해 자신만의 '사색의 방주'를 만들기를 진심으로 권한다. 기왕이면 크게 만들어서 아무 생각 없는 다른 친구들도 구해주기를 바란다.

065 노력의 비밀

"노력하자!" 하고 파이팅 크게 외치면 다 잘될까? 절대 아니다. 사실 노력도 타고나는 경향이 분명히 있다. 그러면 타고나지 못한 사람은 평생 발전 없이 살아야 할까? 그것도 아니다. 게으름의 끝판왕까지는 아니어도 중간 보스 정도는 되었던 내가 요즘 일주에 최소 80시간 이상 일을 즐겁게 하는 것을 보면 절대 불가능하지 않다. 하지만 이 단계까지 절대 쉽게 온 것은 아니다. 여러 가지 단계를 밟고 차근차근 훈련을 해서 노력이 체득화된 것이다. 노력을 잘하고 싶다면 방법도 잘 알고 훈련도 잘해야 한다. 그냥 막연하게 노력하자 하고 결심만 한다면 대부분의 경우 아무것도 되지 않는다. 노력의 세 가지 핵심은 동기부여, 모멘텀, 피드백이다. 이렇게 삼박자가 잘 맞아야 성과가 나는 노력을 할 수 있게 된다.

(1) 동기부여

사실 동기부여가 되는 게 모든 일의 반이다. 동기부여를 위해서는 적절한 자극이 필요하다. 하지만 보통 많은 사람들이 자신이 어떤 수준인지 잘 모르는 경우가 허다하다. 그래서 어느 정도 자극에 노출되어야 죽어 있던 의지를 소생시킬 수 있는 잘 알지 못한다. 모른다고 무조건 너무 강한 자극을 받으면 반감이 생기거나 의기소침해질 수도 있다. 그래서 본인의 상황 파악을 하는 것이 올바른 노력을 하기 위한 가장 필요한 시작이다. 사실 본인을 모르는 경우가 빈번해서 동기부여는 운으로 되는 경우가 생각보다 많다. 운을 내가 만들 수는 없지만, 운에 노출될 확률은 높일 수는 있다. 그래서 최대한 이것저것 많이 읽고, 여기저기 다녀보는 것이 좋다. 사실 그러려면 역설적으로 노력이 또 필요하다. 내가 노력할 에너지가 없으면 노력이 넘치는 사람 옆에 있으면 (노력하는) 분위기에 따라 갈 확률이 높아진다. 그래서 주변에 좀 부지런하고, 이것저것 하기를 좋아하는 친구나 선후배가 있으면 좋다. 친구 따라 강남 간다고 친구 따라 동기부여되는 경우가 상당히 많다. 나를 객관적으로 바라봐줄 수 있는 멘토를 찾는 것 또한 좋은 방법이다. (멘토를 가장한 '힐링팔이'들은 극도로 조심해야 된다. 멀쩡한 사람도 아픈 환자가 될 수 있다. 환자가 되면 동기부여고 노력이고 백약이 무효하게 된다.)

(2) 모멘텀

시작이 반이니 시작만 하면 될까? 아니다. 나머지 반도 채워야 완성이 된다. 그 나머지 반을 채우려면 모멘텀이 필요하다. 관성의 법칙에 따르면 한

번 움직였으면 계속 움직여야 한다. 그런데 현실에서는 분명히 결심했는데 또 실천했는데 왜 나의 작심은 3일로 끝나 버리고 마는 것일까? 관성의 법칙의 전제 조건은 저항이 없는 곳에서의 움직임이다. 하지만 현실에서는 수많은 저항이 있다. 놀고 싶은 욕구, 자고 싶은 욕구, 수많은 오락 프로그램과 게임들, 한잔 하자는 친구들 이런 수많은 저항들이 있기 때문에 나의 결심은 항상 3일이라는 상한값을 갖는 것이다. 그럼 어떻게 해야 될까? 저항을 없애야 한다. 소모적으로 하고 싶은 것을 포기해야 한다. 더 많이 포기할수록 더 이상적인 환경에 가까워지게 된다. 사실 노력의 비밀 중에 하나는 더 열심히 하는 것이 아니라, 더 많이 버리는 것이다. 죽자고 하면 살 것이라는 이순신 장군의 말씀은 언제 생각해도 탁견이다.

(3) 피드백

동기부여와 모멘텀 형성으로 노력이란 것을 했고 그 사이클을 지속시키고 싶으면, 긍정적인 피드백이 필요하다. 인간은 금전적 구걸은 참을 수 있어도 인정의 욕구는 절대 포기하지 못하는 동물이다. 그러기 때문에 내가 노력한 것에 긍정적 피드백을 받으면 누구나 다 성취의 마약에 중독될 수밖에 없다. 만약에 열심히 했음에도 불구하고 긍정의 피드백을 받지 못한다면 뭐가 문제였는지 고민을 해봐야 한다. 보통 둘 중에 하나가 원인인 경우가 많다. 첫째는 노력의 대상이 너무 높은 경우이다. 성취란 내 노력이 임계점을 넘어가야 이룰 수 있는 것이다. 그런데 그 임계점이 터무니없이 높아 버리면, 아무리 노력해도 티가 나질 않는다, 한국 고등학교 평범한 축구선수가 메시를 이기겠다는 목표가 보통 그런 류의 목표 설정이다. 우선은 K리그에서 최고가 되는 게 현실적인 목표이다.(아주 가끔 슈퍼스타가 나오기도 하지만 나는 일반인을 기준으로 얘기하는 것이고 로또의 비밀을 얘기하는 것은 아니다.) 두 번째는 노력의 양이 절대적으로 부족한 경우이다. 많은 사람들이 노력을 실제로 하는 것이 아니라 노력을 했다고 믿는 경우가 생각보다 많다. 노력은 실제적인 힘이다. 염력이 아니다. 생각만 한다고 절대 아무것도 이루어지지 않는다. 이렇게 긍정의 피드백을 꾸준히 받다 보면 어느새 일취월장한 자신의 모습을 발견할 것이다. 피드백에서도 보면 재미있는 사실을 발견할 수 있는데, 타인의 인정을 기준으로 세우는 것이 아니라 자신만의 기준으로 스스로를 인정하는 것이 고수가 되는 것임을 알게 된다.

066 싸움의 기술

"싸움엔 룰이 없는 거야." 영화 〈싸움의 기술〉 中

인생은 타인과의 싸움이 아니다.
세상과의 싸움도 아니다.
결국 나란 녀석과의 싸움이다.

자신을 꺾지 못해 그 싸움이 세상으로 번진다.
그래서 마치 세상이 전쟁터처럼 느껴진다.
철저하게 스스로를 이겨야 한다.
역설적으로 그게 다 같이 행복해지는 길이다.

자신과의 싸움에는 룰이란 게 없다.
제한 시간도 없다.
규칙도 없다.

룰이 없음에도 불구하고
규칙에 집착하는 사람이 너무 많다.
사실 지는 것이 두려워서
미리 핑곗거리를 만드는 것인지도 모르겠다.
어떻게든 나 자신을 꺾자.
그렇게 나를 꺾었다면
자신과의 싸움에 지쳐가는 사람들을 도와주자.
그렇게 우리들은 서로 경쟁자가 아니다.
자신과의 싸움이라고 혼자서 싸울 필요도 없다.

명심해라.
룰이 없을 때는 내가 룰이다.

067 세상 연립 방정식

두 권의 책을 연립하여 세상의 답을 구해보자.

『페르마의 마지막 정리』 中 사이먼 싱, 영림 카디널

〈철학자가 무엇 하는 사람이냐는 레온왕자의 질문에 피타고라스의 대답〉

레온 왕자여, 인생이란 지금 당신이 보고 있는 운동경기와 비슷합니다. 이렇게 많은 군중들이 지켜보는 가운데 어떤 이는 재물을 구하는 일에 몰두하고, 또 어떤 이는 명예와 영광을 얻으려는 야망에 빠지기도 합니다. 그러나 그들 중에는 지금 눈앞에서 벌어지고 있는 모든 것을 주의 깊게 바라보면서 이해하려고 애쓰는 사람들도 있습니다. 이것이 바로 인생입니다. 어떤 이는 재물을 탐하고, 또 어떤 이는 권력을 향한 맹목적 정열에 휩싸여 있습니다. 그러나 이들 중 가장 현명한 이는 삶 자체의 의미와 목적을 탐구하는 사람들입니다. 이들은 자연에 숨겨진 비밀을 찾아 헤매고 있습니다. 완전히 무결한 현자란 있을 수 없겠지만 이들이 바로 '철학자'입니다. 그들은 지혜를 사랑하고, 자연의 비밀을 탐구하는 열정을 귀하게 여기는 사람들입니다.

〈대학 경1장 5절〉

사물이 탐구된 뒤에 앎에 도달한다. 앎에 도달한 뒤에 의지가 성실하게 된다. 의지가 성실하게 된 뒤에 마음이 올바르게 된다. 마음이 올바르게 된 뒤에 몸이 닦인다. 몸이 닦인 뒤에 집안이 반듯해진다. 집안이 반듯해진 뒤에 나라가 다스려진다. 나라가 다스려진 뒤에 온 세상이 태평해진다.

해답: 삶에 철학(탐구 정신)이 생기면 세상이 태평해진다. 우리 모두가 철학 없는 삶을 살고 있어서 지금 우리나라가 더 혼란스러운 듯하다. 지금이라도 타인 욕하고 나라 욕하는 데 열을 올릴 것이 아니라 모두 각성하고 자신만의 철학을 완성하는 게 중요할 것 같다. 그게 나라가 태평해지는 유일한 길인 것 같다.

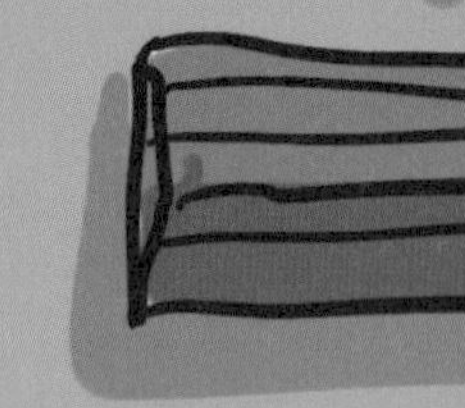

068 소 잃고 나서

소 잃고 외양간 고친다?
이미 지나간 일이라서 소용이 없다?
아니다. 소 잃고 외양간 꼭 고쳐야 된다.
그래야 다음 소 잘 키운다.

실수는 언제나 할 수 있다.
실수에서 배운다면 그것은 더 이상 실수가 아니다.
인생의 훌륭한 경험이다.

그러니 소 잃으면 외양간 꼭 제대로 고치자.

069 바람직한 중산층

한때 프랑스 중산층과 한국의 중산층 기준을 비교하면서 한국 사람들의 속물근성을 비하하는 기사가 유행한 적이 있고, 지금도 종종 SNS상에서 회자되고는 한다. 하지만, 그 고상한 프랑스 중산층의 기준은 프랑스 퐁피두 대통령이 제시한 것이고, 우리나라 중산층의 기준은 설문조사로 만들어진 것이었다. 만약에 우리도 역대 대통령이 우리가 지향해야 되는 중산층의 수준을 말하면 과연 중형차와 33평 아파트 소유가 판단의 척도가 되었을까? 절대 아니다. 그래서 내가 개인적으로 생각하는 대한민국의 바람직한 중산층의 자질에 대해서 언급해 본다.

1. 돈은 설날에 자식/조카 세뱃돈 주는데 스트레스 안 받을 만큼 있으면 충분함. 정신적으로 여유가 있는 게 사실 더 중요함.

2. 여유는 운전할 때 신호등 없는 횡단보도 나오면 일단 멈추는 정도. 그리고 아파트 엘리베이터에서 누구를 만나든지 인사하는 정도.

3. 정치는 '빨갱이/수꼴' 이런 감정적인 단어 안 쓰고, 선거 때 공약을 꼼꼼히 따져보는 정도.

4. 여가는 본인이 평균 이상으로 하는 '잡기' 정도는 하나씩 있어야 됨. 그래야 나중에 은퇴해도 지루하지 않음.

5. 지식수준은 학력은 중요하지 않고 논리적으로 토론을 할 수 있는 능력이면 충분함. 잘 배우기보다는 배우는 데 두려움이 없어야 함.

6. 외국어는 영어는 우선 잘 읽어서 구글 검색이 더 편했으면 좋겠음. 말은 그렇게 잘할 필요까지 없고 떠듬떠듬하면 됨.

7. 문화/예술은 어디든지 놀러 갈 때, 사전 조사를 해서 그 지역 문화적 배경이나 역사를 공부하고 더 깊게 살펴보는 보는 데에 문제 없는 정도.

8. 독서는 몇 권 읽는 게 중요한 게 아니라 한 권을 읽어도 읽은 내용 다른 사람에게도 나눴으면 함. 그렇게 하려면 요약이 가능해야 함.

9. 건강은 계단 자주 이용하고 틈틈이 스트레칭 하고, 가족끼리 자주 산책하고, 보양식이나 약에 너무 집착 안 했으면 좋겠음.

10. 마지막으로 남 잘되면 배가 아프지 않고, 축하해주거나 최소한 좋은 자극으로 생각할 수 있어야 함.

070 결과 = 열매

결과만 따지는 세상을 욕할 것 없다.

결과는 과정의 열매이다.

열매를 맛보지 나뭇잎과 줄기를 맛볼 수는 없는 노릇 아닌가?

그런 원망을 할 수도 있다.

"나는 좋은 가지와 뿌리(과정들)를 가졌음에도 좋은 열매가 열리지 않았다."

가장 안타까운 경우이다.

가뭄 같은 환경적 요소 때문에 충분히 가능한 일이다.

하지만 진짜 좋은 가지와 뿌리를 가졌다면 너무 일희일비 할 필요가 없다.

후일을 기약하면 된다.

힘들 시기는 견뎌내고 좋은 시기에 주렁주렁 열매를 맺으면 될 일이다.

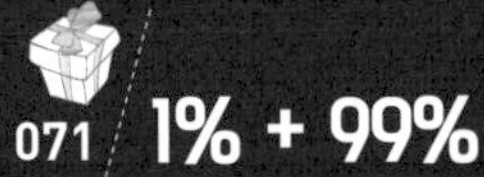

071 1% + 99%

천재 = 1% 영감 + 99% 노력

행복한 가족 = 1% 사랑 + 99% 이해 및 배려

사업의 성공 = 1% 아이디어 + 99% 의지 & 잡일

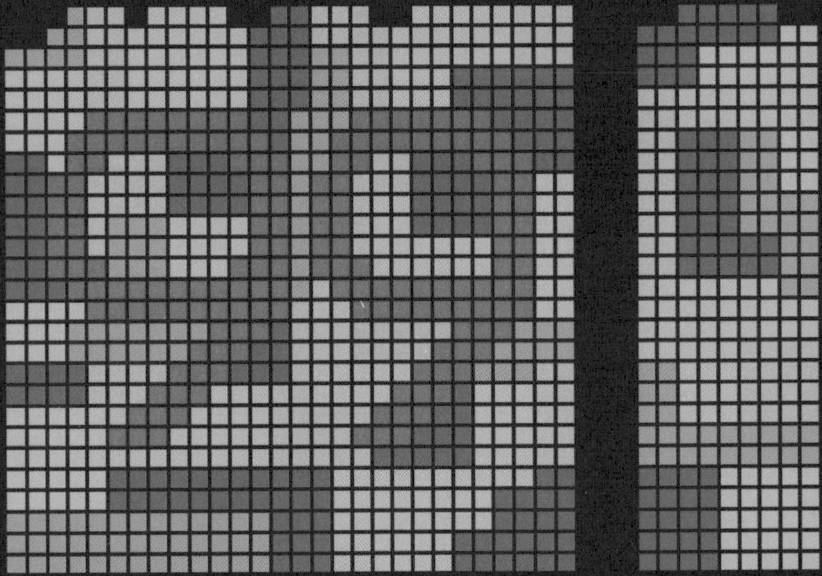

072 초성 인생

1. 훌륭한 리더가 반드시 가져야 할 세 가지 '**ㄱ**'
   → 겸손, 공감 그리고 감동

2. 프로가 항상 극복하려는 세 가지 '**ㄴ**'
   → 납기, 나태함 그리고 나(자신)

3. 성취를 하고 싶다면 반드시 필요한 세 가지 '**ㄷ**'
   → 동기부여, 디테일 그리고 단호함

4. 성공하는 조직의 명확한 세 가지 '**ㄹ**'
   → 룰(rule), 롤(role) 그리고 리더십(leadership)

5. 마음속에 남기면 하나 좋을 것 없는 세 가지 '**ㅁ**'
   → 미움, 문제(에 대한 고민) 그리고 미련

6. 스트레스의 근본 원인인 세 가지 '**ㅂ**'
   → 불안감, 비교의식 그리고 바이어스(편견)

7. 결핍되면 인간다움을 잃는 세 가지 '**ㅅ**'
   → 소통, 생각 그리고 사랑

8. 우리 아이들이 꼭 가졌으면 하는 세 가지 **'ㅇ'**

→ 유쾌함, 인내심 그리고 용기

9. 타인에게 내가 줄 수 있는 최고의 세 가지 **'ㅈ'**

→ 지혜, 자비 그리고 존중

10. 성공하는 인생의 반드시 필요한 네 가지 **'ㅊ'**

→ 친구, 체력, 책 그리고 촉

11. 여행할 때 꼭 필요한 세 가지 **'ㅋ'**

→ 카 (자동차), 카메라 그리고 카드(돈 & 엽서)

12. 남에게 해서 득 될 것 하나 없는 세 가지 **'ㅌ'**

→ 트집, 투정 그리고 탁상공론(현실성 없는 조언)

13. 한번 빠지면 삶을 좀먹는 세 가지 **'ㅍ'**

→ 패배주의, 포기 그리고 표리부동(모순)

14. 우리가 너무 쉽게 잊고 있는 세 가지 **'ㅎ'**

→ 희망, 현재 그리고 행복

073 인생 요령 VI

1. 공부는 죽어서야 끝나니깐 학교 졸업해도 계속 공부한다.

2. 방황하는 친구에게 무조건 "열심히 해!"라고 말하는 것은, 목적지를 모르는 사람에게 "일단 아무 버스나 타!"라고 하는 헛소리랑 똑같다.

3. 사랑받고 싶으면, 먼저 사랑해라. 그래도 사랑받지 못하면 사랑을 한 것에 만족하자.

4. 인생 후회 없이 살고 싶다면 잘하는 것에 집중해야 된다. 그러려면 잘하는 것이 무엇인지 알아야 한다. 만약에 없다면 만들어야 한다.

5. 시간은 되돌릴 수도 없지만 빨리 감을 수도 없다. 나이 들어가는 것이 막연하게 서글픈 사람들은 대부분 깊이가 쌓이지 않는 사람들이다.

074 리더의 조건

(1) 리더십의 제1 덕목은 '듣기'이다.

주니어 때 일을 잘했다고 나중에 무조건 훌륭한 리더가 되는 것은 아니다. 너무 강한 집념으로 성공했다면 나중에 독이 될 수도 있다. 진심으로 들어주는 것은 그 사람의 존재와 목적을 각인시켜주는 최고의 행위다. 깊게 들어주면 화자는 심지어 문제를 스스로 파악하고 고치기까지 한다. 그러니 제발 혼자 떠들지 말고 좀 닥치고 들어라!

(2) 리더십의 최고의 덕목은 '복리'로 팀의 역량을 엮어내는 것이다.

개개인의 능력을 덧셈이 아닌 곱셈으로 묶는 것이 리더십의 핵심이다. 복리라는 마법의 핵심은 충분히 오랜 시간이 걸려야 한다는 것이다. 그래서 기하급수적 폭풍 성장의 꿀맛을 보고 싶다면 당연히 긴 호흡으로 봐야 한다. 그 긴 호흡은 당연히 비전과 신념에서 나온다. 비전이 없는 조직은 사실 그냥 단순 동아리 수준의 모임이나 다름없다.

(3) 리더십의 숨어 있는 덕목은 '디테일'이다.

원론적인 얘기보다 각론이 더 큰 힘을 발휘하는 경우가 많다. 인정받고 싶은 욕구는 무한하기 때문에 작은 성장을 인지해서 칭찬해주는 것이 리더를 매력적으로 만든다. 그 매력은 나중에 팀원의 논리를 열정으로 바꾸는 연금술의 기적을 보여줄 것이다. 또 시니어가 주니어에게 가끔 아주 디테일한 조언을 주면, 주니어는 시니어의 깊이를 느끼게 되고 신뢰감이 더 높아진다. 굳이 자신의 존재감을 피력하기 위해 술 마시면서 "내가 말이야~"하고 시시콜콜하게 역사책에도 실리지 않을 개인 근대사를 말할 필요는 없다.

075 귀뚜라미

아침 출근에 귀뚜라미 우는 소리는 참 정겹다. 귀뚜라미들 우는 소리를 자세히 들어보면 흥미롭게도 모두가 각각 고유의 음색을 갖고 있다. 어떤 녀석 바리톤처럼 저음으로 다른 녀석은 소프라노처럼 고음으로 노래한다. 찌르찌르 우는 아이도 있고 찌르르르 노래하는 녀석도 있다. 모두 각자가 다른 주파수와 리듬을 가지고 자기만의 색깔로 노래한다. 저 작은 귀뚜라미도 자기만의 소리가 있고 삶이 있는데, 하물며 우리 인간의 삶은 어떠하겠는가? 단순히 돈 많이 벌어서 잘 먹고 잘 살아야지 하는 영혼이 메마른 목표를 좇아서 모두가 너무 획일화된 삶을 사는 것은 아닌지 모르겠다. 예쁘게 우는 귀뚜라미의 울음소리를 귀 기울여 들으면서 스스로에게 다짐해 본다. 나만의 목소리를 통해 내가 진정으로 원하는 세상을 노래하는 삶을 살겠다고 조용히 결심해 본다. 그렇게 출근길 귀뚜라미들에게 삶을 배웠다.

고맙다! 귀뚜라미들아!

076 지극히 개인적인 공부법

살면서 공부를 그렇게 잘해본 적은 없다. 지금도 잘하지는 못한다. 그래도 학교를 오래 다니면서 공부를 해보니깐 왜 못하는지는 조금 알게 되었다. 공부를 잘하기 위해서 대부분이 가장 먼저 하는 것은 '열심히' 하기다. 하지만 공부를 무작정 열심히 한다고 어떤 성취를 이룰 수 있는 것은 절대 아니다. 설계도 하지 않고 무작정 집을 지으면 결국 무너지듯이 공부도 체계적으로 하지 않으면 지식을 축적할 수 없다. 좋은 공부 방법은 여러 가지가 있겠지만 보편적으로 중요하다고 여겨지는 세 가지를 언급해 본다.

(1) 어휘

대부분 공부를 못하는 이유는 관련 **어휘**를 정확히 모르기 때문이다. 이 지극히 간단한 사실 때문에 80% 넘는 학생들이 본인이 공부를 못한다고 생각하고 심지어 싫어하게 된다. 그래서 공부를 잘하고 싶다면 제일 먼저 해야 될 일이 어휘를 완전히 이해하는 것이다. 학습(學習)은 말 그대로 배우고 익히는 것이다. 어휘를 접한 후 익숙해지지 않으면 절대 공부를 잘할 수 없다. 어휘를 익히는 방법은 간단하다. 공부할 때 모르는 어휘가 나오면 사전을 보거나 인터넷 검색을 통해 그 뜻을 파악하는 것이다. 이러면 학습 시간은 오래 걸릴 것이다. 원래 건설도 기초 다지기 공사가 가장 오래 걸린다. 피라미드도 가장 아랫단에 가장 많은 돌이 들어가는 법이다. 오래 걸린다고 대충하고 넘어가면 절대 깊게 그리고 멀리 나아갈 수 없다. 특히 우리나라의 대부분의 전문용어는 일본 철학자나 전문가들이 만든 한자어가 많기 때문에 한자를 모르는 상태에서는 뜻을 아는 것 같아도 정확히 모르는 경우가 다반사이다. 법을 공부하는 사람들이나 일본어 독해가 가능한 사람들의 한국어 독해 능력은 일반인보다 월등히 높다는 사실이 한자의 뜻까지 살펴보지 않으면 단어의 뜻을 제대로 파악하지 못한다는 것의 좋은 예가 될 수 있다. 그러니 힘들어도 어휘를 완벽히 장악하자. 처음에는 힘들겠지만 익숙해지면 독서가 한결 수월해지면서 공부가 상대적으로 많이 쉬워진다.

(2) 요약

공부를 하면 점검을 해야 한다. 점검하지 않고 계속 무식하게 읽기만 하는 것은 안 하는 것만 못하다. 그렇게 자꾸 읽기만 하면 뭔가 알고 있다는 착각에 빠진다. 하지만 시간이 지나면 머리에 남는 것은 없다. 공부를 체득화하기 위해 가장 좋은 방법은 **요약**이다. 공부를 하고 책을 덮고 무엇을 공부했는지 쓸 수 있어야 한다. 사실 한 번만 책을 읽고 요약을 하는 것은 상당한 내공을 필요로 한다.(하지만 대부분의 사람은 책을 한 번만 읽는다.) 이 수준까지 오르기 위해서는 메모도 하고 발췌도 하고 여러 번 읽는 등 다양한 접근을 통한 연습이 필요하다. 구체적인 예로 연구를 하는 친구들에게 요약을 통한 논문 읽는 좋은 훈련 방법을 하나 소개한다. 논문의 핵심은 초록과 개요와 결론에 다 나와 있다. 모범답안이 있는 것이다. 그래서 논문을 읽을 때 초록, 개요, 결론을 읽지 않고 본문만 읽고 논문을 요약해본다. 그리고 요약을 초록, 개요, 결론과 비교해 본다. 이런 훈련과정을 거치면 논문의 핵심을 파악하는 능력이 크게 향상된다. 정보 습득을 위한 독서도 책을 다 읽고 자신이 생각하는 목차를 써보는 것도 도움이 된다. 그렇게 목차를 작성해보고 실제 목차랑 비교하면서 내가 과연 핵심 단어들을 정확히 파악했는지 확인하면 좋은 훈련이 될 수 있다. 또 요약된 것을 주기적으로 봐주면 단기 기억이 장기 기억으로 넘어가게 된다. 이런 과정을 꾸준히 반복하면 책을 한 번만 읽고도 핵심을 요약할 수 있는 능력이 생긴다. 이런 과정을 빨리하는 사람을 흔히들 '똑똑하다'라고 한다.

(3) 쓰기

공부를 통해 배웠으면 나아가야 한다. 읽었으면 써봐야 나아갈 수 있다. 앞에서 언급한 요약은 내 생각이 포함이 되어 있지 않기 때문에 수동적 글쓰기이다. 공부를 통해 성장하려면 능동적 글쓰기가 필요하다. 능동적 글쓰기는 내가 깨달은 점이나 느낀 점을 요약에 추가적으로 적는 것이다. 흔히들 그러면 '좋았다' 혹은 '싫었다'의 단순 감정 나열하는 경우가 많은데 그렇게 적고 싶으면 최소한 왜 좋았고 싫었는지 근거를 제시할 수 있어야 한다. 또 책을 충분히 많이 읽어서 많은 요약을 했으며 그 요약들이 훌륭한 근거가 된다. 단순히 개인적 생각보다 다른 연구나 문헌을 인용하여 근거를 들면 글의 수준이 올라가고 우리의 견해는 더 단단해진다.

이렇게 능동적 글쓰기의 과정이 반복되면 새로운 분야에 대해 자신이 탐구한 내용을 기술하는 수준까지 오르게 된다. 이런 새로운 견해가 인정받으려면 합리적인 **논증**을 거쳐야 한다. 기존의 이론들(책들)을 비판과 분석을 통해서 읽어야만 합리적인 논증을 할 수 있는 능력이 생긴다. 보통 고전을 읽으라고 독려하는 가장 큰 이유 중에 하나는 고전은 오랜 시간 동안 수많은 사람들에게 철저하게 검증받았고 비판의 과정들도 잘 기록되어 있는 경우가 많아서 논리를 배울 수 있는 아주 훌륭한 학습 수단이기 때문이다. (그래서 나는 고전은 논리의 문제이고 지식 습득 수단이 아니기 때문에 너무 집착하면 안 된다고 생각한다. 지식 축적을 위해서는 요즘 연구되어 나온 책들을 더 많이 읽어야 한다.) 합리적 논증을 거쳐 새로운 분야에 대한 글을 쓰는 것의 대표적인 예는 석사나 박사가 졸업 논문(Thesis)을 쓰는 것이다. 보통 이 정도 경지에 오르면 자신만의 '철학'이 생겼다고 한다.

077 보이지 않는 망령

실존하지도 않으면서 우리를 괴롭히는 것

어렸을 적: 귀신
지금: 평균

평균을 인지하면

평균이면: 다행
조금 벗어나면: 차별
완전히 벗어나면: 공포

이런 망령으로부터 우리를 지켜줄 수 있는 것

인정 & 자존감

078 박사 과정을 통해 배운 것들

박사 과정을 통해서 배운 것은 어떤 특정 지식이 아니고 'Class(수준)'이다. 지도 교수님뿐만 아니라 여러 세계적인 대가들과 일하면서 어떤 수준에 올라선다는 것이 무엇인지를 알았다. Impact factor(논문의 영향력 계수)들이 다른 저널들에 페이퍼를 쓰면서 한 단계 수준을 올리려면 어떠한 Value(가치)가 새롭게 요구되는지를 배웠다.

발전하는 것만큼 중요한 것이 내가 어느 정도 수준에 도달했는지 자신에 대해 파악하는 것이 중요하다는 것을 배웠다. 좋은 결과를 얻는 것은 당연히 중요하다. 하지만 과정에 대한 충분한 통찰 즉 결과에 대한 이유와 원인을 정확히 모른다면 다음 단계로 나아갈 수 없다는 것을 배웠다. 그래서 세상은 결과만 보는지도 모르겠다. 과정 없는 결과는 존재하지 않기 때문이다.

박사 과정을 하면서 정말 힘들었던 점은 아무리 작은 일이라도 새로운 것을 해야 한다는 것이었다. 특히 내 전공인 나노 과학/엔지니어링 분야는 24/7으로 페이퍼가 쏟아져 나온다. 그런 곳에서 새로운 것을 하기란 쉽지 않았다. 이해도 어렵지만 창조는 더 어렵다. 거기다 그 새로운 결과물을 인정받는 것은 훨씬 더 힘들다. 하지만 내공은 그런 힘든 과정을 통해 쌓인다.

그렇게 운이 좋게도 박사 과정을 통해 인생을 배웠다.

079 아이디어를 잡는 법

아이디어가 떠올랐을 때 기록하지 않는 것은,

한눈에 반한 이성의 전화번호를 겨우 얻어서 만취 상태로 머릿속에 저장한 것과 같다.

또 아이디어를 적고 다시 들여다보지 않은 것은,
죽어라 전화번호를 쟁취하고 전화를 걸지 않는 것과 똑같다.

080 의식수준

내가 캐나다와 싱가포르에서 살 때 우리보다 선진국이라 체감했던 부분은 길을 건널 때이다. 두 나라 모두 신호등이 없는 횡단보도에서도 사람이 기다리고 있으면 차는 일단 정지한다. 우리나라는 죽지 않으려면 횡단보도에서도 좌우를 잘 살펴야 한다. 또 보행자가 차 앞으로 갑자기 뛰어들면 상감마마 가마 앞을 가로막은 것도 아닌데 운전자로부터 온갖 욕설과 훈계를 들어야 한다. 모두가 그런 것은 절대 아니지만 하물며 저렇게 간단하고 상식적인 것도 아직 의식 개선이 안 되었는데 우리가 과연 모두가 행복한 사회를 만들기 위해 사회적 합의를 이루어 낼 수 있을까? 과연 가능할지 의문이다. 합의의 과정은 우선 합리적 토론을 전제로 서로 조금씩 양보해야 한다. 과연 우리는 과연 합리적으로 이야기할 수 있고 절충안을 도출하기 위해 서로 양보할 수 있을까? 횡단보도에서도 안전 면에서 더 불리한 보행자가 유리한 운전자에 눈치를 봐야 되는 나라에서는 불가능한 것 같다.

꾸준하고 집요한(?) 교육을 통해서만 우리나라는 양적 발전에서 질적 발전으로 패러다임 이동이 가능할 것 같다. 우리 각자는 고매한 것 같고, 언론에 나오는 정치인들은 하나같이 쓰레기고 나쁜 놈처럼 보이지만 과연 그럴까? 절대 아니다. 콩 심은 데 콩 나고 팥 심은 데 팥 나는 게 순리다. 내가 보는 생활현장의 대중은 그리 논리적이지도 이타적이지도 않다. 그래서 정말로 개개인의 수준을 끌어올리지 않고는 바보 같은 정치인들을 영원히 봐야 할 것이다. 우리는 아니라고 하고 싶어도 그들은 외계인이 아니다. 우리들 중에서 선출된 사람들이다. 사실 정치인들이 바보 같아 보여도 우리들 중에 의지가 가장 강한 사람들 중에 하나이다. 정치에는 100%라는 게 없기 때문에 입문하는 순간 무조건 욕을 먹게 되어 있다. 그걸 알고도 판에 뛰어든 사람들이 정치인이다. 내 바람은 우리의 수준이 올라가서 그들의 수준도 조금 세련되게 올라가는 것이다. 그러려면 우리 모두가 거대담론을 SNS에서 하루 종일 떠들게 아니라 기본과 상식을 먼저 철저히 지키는 일에 힘써야 될 것이다. 그리고 제발 의식수준을 올리기 전에 깎아먹는 짓부터 좀 줄이자.

081 인생 성장 10단계

아무 생각 없이 살다가 정신 차리고 의미 있는 삶을 살게 되는 10단계 과정

1. 잘못을 인지하고 공부를 시작(인생 시동)
2. 공부 시간을 충분히 확보함(우선 참으면서 공부. 모멘텀 형성)
3. 공부 자체가 습관이 됨(체득화)
4. 문득문득 깨달음(양질의 전환)
5. 공부를 깊게 하고 싶어짐(관련 서적을 여러 권 읽는 단계)
6. 뻔한 말이 더 이상 뻔한 말이 아님(Re + Search가 가능해짐)
7. 지적 습득의 공부보다 탐구정신과 창조의 욕구가 발생함(철학이 생김)
8. 공부한 지식이 무의식의 영역으로 들어옴(그 분야의 전문가가 됨)
9. 전혀 별개로 보이던 분야의 연결고리가 보임(삶의 원리 터득)
10. 인생의 뜻을 세우게 됨(삶의 목적이 생김)

082 자기계발 vs 자기수련

앞으로 자기'계발'서도 좋지만 자기'수련'서도 꼭 읽어야겠다. 계발은 앞으로 나아감이다. 수련은 우리를 단단하게 하는 다짐이다. 계발만 하고 다지지 않으면 노력의 탑은 언제 무너질지 모른다. 수련을 통해 반드시 뿌리 뽑아야 하는 3가지 마음의 상태가 있다.

1. 지적 허영심의 노예가 되려는 어리석음
2. 인정의 구걸에서 벗어나지 못하는 거지 근성
3. 나의 작은 그릇에 넘쳐 흘러나오는 오만함

고민하고 또 고민하고 다짐하고 또 다짐하고 실천하고 또 실천해야 한다. 사람들은 저런 나쁜 욕구들 때문에 발전보다 퇴보를 더 많이 한다. 그래서 삶을 좀먹는 이 세 가지 부정적 마음가짐을 다스리면 스스로를 계발하지 않아도 상대적으로(퇴보하지 않기 때문에) 나아갈 수 있다. 그러니 계발만큼 수련도 게을리 하지 말자.

083 위대한 발명

누가 처음에 시도했는지는 모르겠지만 치즈라면 같은 위대한 발명이 우리 삶에 더 필요하다. 라면 한 젓가락 먹고 치즈 조각 따로 먹으나 치즈라면으로 먹으나 소화되는 것은 같을지언정 그 맛의 위대함의 차이는 실로 어마하다. 우리의 선조 중 그 누군가 '간장 + 게 + 〈시간〉'으로 밥 도둑을 탄생시켰다면, 근대사 이름 모를 한 청년은 '라면 + 치즈 + 〈열: 치즈의 액화〉'이라는 위대한 발명을 본인도 모르게 했던 것이다. 이 발명에 대한 수익률은 투자왕 워런 버핏도 놀랄 일이다. 이 위대한 발명에 우리는 이성의 끈을 놓고 원가 100원짜리 치즈 한 장 추가에 500원(가끔은 1,000원)을 아무런 거리낌 없이 추가 지불하고 있다. 치즈라면은 더 이상 논리의 문제가 아닌 것이다. 신념과 욕망의 영역에 들어왔다. 추종자들은 있으면 다른 선택사항은 절대 고려하지 않고 그냥 주문한다.

복잡하다고 무조건 좋은 것은 절대 아니다. 그런 관점에서 치즈라면 같은 단순하지만 위대한 세기의 조합이 어디선가 우리를 기다리고 있을지도 모를 일이다. 그러니 뻔함과 식상함을 아주 자세히 들여다보자. 깊숙이 들여다보면 평범함과 평범함의 만남에서 아주 특별함을 이끌어낼 수도 있다. 뚫어지게 관찰하고 꾸준히 실천하면 '짜파구리' 같은 위대하지는 않지만 그래도 대단한 발명을 찾을지 또 누가 안단 말인가? 오늘도 치즈라면 한 젓가락을 하면서 나도 인류사에 남을 위대한 발명을 꿈꿔본다.

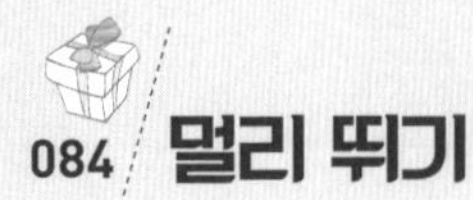

084 멀리 뛰기

제자리멀리뛰기 세계 신기록:
3.21m (Ray Ewry, 1900년)

멀리뛰기 세계 신기록:
8.95m (Mike Powell, 1991년)

세단뛰기 세계 신기록:
18.29m (Jonathan Edwards, 1995년)

멀리 뛰고 싶은가?
그럼 일단 **뒤로 물러나라.**
더 멀리 뛰고 싶은가?
그럼 **많이 뛰어라.**

인생은 생각보단 단순하다.

너무 급하게 제자리에서 아등바등 한 번에 끝내려고 하지 말자.

도약을 위해 뒤로 물러나고 여러 번 시도하면 멀리 가는 게 우리의 인생이다.

(참고로 제자리멀리뛰기는 1900년에 딱 한 번 올림픽 정식 종목이었다. 그리고 총 참가자는 네 명이었다고 한다. 동메달과 4등의 운명은 1cm 차이로 결정 되었다. 인생 참 얄궂다.)

085 이름

이름에는 답이 있다.

맥가이버 칼

맥가이버 같은 사람이 써야 그 기능을 다 활용하지
그렇지 않으면 남자아이들 장난감 혹은 성능 나쁜 코르크 따개.

스마트폰

스마트한 사람들이 써야 그 기능을 다 활용하지 그렇지 않으면
아기 혼 빼는 기계 및 어른 멍 때리게 하는 기계

086 대화의 클래스

〈C 클래스〉

상대방의 수준은 고려하지 않고 전문용어로 떠드는 경우.

[청자의 심리 상태: 당황 및 짜증]

해석해 보면 쉬운 말이 있음에도 불구하고 같잖지도 않은 영어 단어와 한자어를 사용하는 경우는 클래스는 〈C-〉로 떨어진다. 흔히 전문가로 '혼자' 자처하는 사람들에게서 이런 화법을 쉽게 발견하곤 한다. 또, 보통지식의 민낯이 드러나는 것을 상당히 두려워하는 사람들이 이런 식의 대화를 많이 한다. 만약에 실력이 있다면, 인간적으로 성숙하지 못한 경우가 100%이다.

〈B 클래스〉

상대방의 눈높이에 맞추어 적절한 비유를 섞어 쉽게 설명하는 경우.

[청자의 심리 상태: 즐거움]

유머를 잘 사용하면 〈B+〉로 올라간다. 유머의 힘은 생각보다 강력하다. 우리나라 사람들이 유독 유머에 취약하다. 타인의 시선과 평가에 너무 집착하기 때문에 유머를 쉽게 던지지 못한다.

〈A 클래스〉

상대방이 내용을 몰랐다는 사실을 인지도 못 하게 한다. 주입하기보다는 자연스럽게 깨닫게 한다.

[청자의 심리 상태: 즐거움]

A 클래스가 되고 싶다면 상대방의 얘기를 최대한 많이 들어주는 것은 필수이다. 상대방을 모르는 상태에서 올바른 의사전달은 절대 불가능하다. 그러니 일단 제발 듣자!

087 스펙보다는 장기 계획

만약 지금 내 딸이 대학생이라고 하면 딱 하나의 조언을 해줄 것이다. 하나면 충분하다! 그것은 '장기 계획(3년 이상)을 세우고 실행하는 법을 익혀라.'이다. 대부분의 대학생들이 스펙 쌓는 데 열을 올린다고 한다. 사실 스펙이 완전히 불필요한 것은 아니다. 그럼 이력이 없으면 사람을 무엇으로 평가한단 말인가? 사실 우리나라처럼 공채 구조에서는 수많은 지원자들을 개별 심층 면접을 한다는 자체가 불가능하기 때문에 어느 정도의 필터링 팩터는 필요하다. 그게 스펙으로 너무 왜곡이 되어서 문제가 되는 것이다. 사실 스펙 쌓기는 허황됨의 문제보다 숨겨진 근본적인 문제를 가지고 있다. 그 심각한 문제점이란 스펙이 '단기 계획'의 합의 완성으로 이루어진다는 것이다.

단기 계획은 이미 고등학교 과정에서 충분히 배우고 수능이라는 시험을 통해 우리는 약 1년짜리 계획과 실행을 직접적으로 경험했다. 그렇다면 대학에 와서는 4년의 경험이 오롯이 누적되었을 때만 나오는 내공을 쌓는 연습을 해야 되는데 전혀 그렇지 못한 것이 대부분의 한국 대학생(나의 학창시절을 포함)의 드러나지는 않았지만 가장 치명적인 문제이다. 공부도 고등학생식으로 '중간/기말고

사만 모면하자'의 식의 방법으로 하기 때문에 지식의 유기적 연계가 굉장히 취약하다. 그래서 졸업을 해도 나는 학부 때 뭘 배웠지 하고 물음표만 나올 뿐 깨달음의 느낌표는 나오지 않는다. 대학교 4학년생이 아니라 고등학교 7학년이 되는 것이다. (이 관점에서 소위 말하는 전문직이 왜 고소득인지도 약간은 설명이 된다. 남들 우왕좌왕 할 때 커리어의 시작을 자의든 타의든 장기 계획의 완성을 통해 시작하기 때문에 사회적 위치 선점이 높을 수밖에 없다.) 이런 상태에서 회사에 취업을 했기 때문에 회사 생활이 적응이 쉽게 될 리는 만무하다. 대기업 위주의 시장 구조에 공채로 대부분이 뽑히다 보니 내 전공도 제대로 파악하지 못한 상황에서 무슨 업무에 배치받을지도 모른다. 그래서 막상 회사에 와보니 모든 것을 밝히고 다 녹여 버릴 것 같았던 내 열정의 초가 그렇게 길지 않다는 것을 자각한다. 사실 알고 보니 반짝 타고 없어지는 성냥개비임을 깨닫고 암흑의 길로 들어간다. 회사가 도저히 적성에 맞지 않아 이직을 하고 싶어도 노동시장이 유연하지 못해 이직 유동성이 낮은 한국에서는 답이 안 보이기 시작한다.

이런 암흑에서 탈출 방법은 무엇일까? 공부 즉 자기계발밖에 없다. 간단해 보이지만 간단하지가 않다. 자기계발이 말은 쉽지만 막상 거의 성공하지 못한다. 왜? 자기계발을 못 하는 게 아니라 얼마나 해야 계발이 되는지 감이 없다. 대학교 때 학기 중 학습뿐만 아니라 방학을 이용하여 공부가 아니더라도 특정 분야에 대한 배움의 노력을 꾸준히 쌓아서 장기 계획을 통한 성장의 경험을 해봤어야 하는데 그러지 못했으니 도저히 감이 없는 것이다. 그래서 제대로 시도를 못 한다. 꾸역꾸역 시도를 해도 계속 스펙 쌓기 식의 자기계발만 하게 된다. 그럼 열심히 축적했던 스펙은 무엇이란 말인가? 스펙이 높다는 것은 단기 계획 실행 능력이 높다는 것이다. 사실 이런 친구들은 주니어 업무에는 아주 적합하다. 하지만 이게 왜 인생에 크게 도움이 되지 못하냐 하면 각각의 스펙이 유기적으로 엮이지 못하기 때문이다. 사실 장기 계획은 어떻게 보면 별 것은 아니다. 단기 계획에서 열심히 배운 지식의 시너지의 합을 장기 계획으로 봐도 무방하다. 이렇게 단순 지식의 합이 아닌 시너지의 합을 통해 총체적 사고가 가능해지는 것이 **장기 계획을 통한 성취의 힘**이다.

언급된 조언을 뒷받침해주는 예는 박사 과정을 (똑바로) 마치면 회사에서 과장 정도의 직위를 준다는 것이다. 왜? 거기에 사실 불만이 많은 사람들이 많은데 전후 사정을 몰라서 그렇다.(제대로 학위를 받지 않고 석사 6호봉으로 졸업한 사람들한테는 불만을 가져도 된다.) 박사 과정은 프로세스는 허접해도 그 과정 자체가 1인 스타트업이다. 제안, 기획, 실행, 결과 도출, 발표까지 혼자서 다 해야 한다. 이 과정을 제대로 몸에 익히려면 최소 4~5년이 걸린다. 그렇다. 의식하지 않았어도 장기 계획의 수립과 실행을 마스터한 것이다. 실제로 제대로 한 박사들은 회사에서 시간이 지나면 평균적으로 업무를 더 잘한다. 삼성의 기술 관련 대부분의 CEO가 박사라는 것이 사실을 뒷받침해준다. (돈은 거짓말하지 않는다.) 거꾸로 생각해보면 내가 스스로 5년짜리 정도 장기 계획 수립 및 실행 능력을 체득할 수 있다면 굳이 학위가 없어도 박사들보다 훨씬 잘할 수도 있다는 것이다. 실제로 독학으로 공부하고 박사 이상의 내공을 가진 사람들이 상당히 많다.

대학생들에게 진심으로 진지한 고민과 함께 장기 계획으로 성장하는 연습을 해보기를 권유한다. 구체적인 팁을 주면, 1~2년 선배한테는 절대 조언을 구하지 말고, (자기 앞가림하기도 바쁘다.) 10년 이상 경력이 차이가 나는 선배들에게 자신의 전공에서 요구되는 자질을 물어봐라. 실무자들을 많이 만나서 다양한 의견을 들으면 더 좋다. 선배가 없다? 그럼 취업하고자 하는 회사 앞에 점심시간에 캔커피 들고 기다려라. 그리고 20살 정도 더 늙어 보이는 사람한테 저보다 10살 정도 많아 보여서 질문드리고 싶다고 물어라.(그럼 대답해줄 확률이 확 올라간다. 그런데 본인이 노안이면 안 되는 게 함정!) 그렇게 기대치를 알게 되면 자연스레 장기 계획에 목표가 세워진다. 목표가 아주 확실하면 과정은 따라온다.(그래서 세상은 결과만 그렇게 따지는지도 모른다.) 그럼 이미 아무 생각 없이 졸업한 가여운(?) 회사원은 어떻게 해야 하나? 노는 시간 줄여서 공부해라. 퇴근해서 8시에 집에 와서 12시까지 공부하면 일주일에 20시간 주말 10시간씩 하면 40시간이다. 이렇게 2년 공부하면 학위 하나 더 딸 수 있다. 그렇게 실력이 생기면 '네고'라는 게 가능해진다. 〈네고란 무엇인가?〉 챕터를 잘 읽고 네고를 잘해서 새롭게 제대로 된 인생을 살아보기를 응원한다.

088 육아(育兒)를 통한 육아(育我)

아이들 특히 아기들은 참 빨리 배운다.
그 이유가 뭘까?

1. 시도하는 데 두려움이 없다.

(그냥 일단 하고 본다. 이건 부가 설명도 필요가 없다.)

2. 배울 때 일정 규칙에 집착하지 않는다.

(마구잡이로 무조건 한다. 어딜 잡고 일어나는 것을 익힐 때 보면, 마땅히 잡을 때가 없어도 어떻게든 잡는다.)

3. 필사적으로 한다.

(하다가 안 되면 막 운다. 자기의 모든 에너지를 다 썼는데 안 되니깐 서럽나 보다.)

4. 목표가 정말 뚜렷하다.

(저거는 내가 꼭 만져봐야겠다 혹은 입에 넣어봐야겠다고 하면 아무리 다른 걸로 눈길을 돌리려 해도 쉽사리 넘어오지 않는다.)

5. 시도 때도 없이 한다.

(앉기 시작하면 심지어 자다가도 앉는다.)

6. 스트레스 대처 능력이 어마하다.

(한번 푹 자고 일어나면 언제나 기분이 좋다.)

7. 대단히 긍정적이다.

(사소한 것에도 정말 잘 웃는다.)

8. 주변에 엄마/아빠라는 좋은 멘토가 있다.

(엄마/아빠는 대신해줄 수는 없지만 아주 큰 리스크가 있을 때는 가이드라인을 잘 제시해준다. 또 성공하면 진심으로 함께 기쁘게 축하해준다.)

빨리 배우고 싶다면 우리는 초심으로 돌아갈 것이 아니

'아심[아기의 마음가짐]**'** 으로 돌아가야 될 것 같다.

089 공부 중독

그럴듯한 분석은 개나 소나 할 수 있다.
세상에 일이 안 되는 원인은 널렸다.
하지만 일이 성공한 이유는 단 하나다.
그렇기 때문에 그럴듯한 일을 실제로 해내는 것은 '피똥 싸게' 어렵다.
막연하게 공부에 중독되면 안 된다.
공부에 중독되면 그럴듯한 분석에 집착하게 된다.
그리고 되는 이유보다 안 되는 이유를 먼저 설명하게 된다.
간접 경험이 판단의 기준을 장악하면, 타인의 노력(직접 경험)이 같잖아 보이게 된다.
점점 염세적으로 변하고, 별것도 아닌 자신을 우월하다고 착각하게 된다.
결국 그 현실과 착각의 간극에서 얻는 것은 스트레스뿐이다.
공부 중독을 사전에 피하려면 겸손이라는 백신을 한 대 맞아야 한다.
이미 공부에 중독되었다면 실천과 반성이라는 재활치료를 받아야 한다.

090 경험의 부호

올바른 경험의 누적은 지식이 된다. 그 지식을 적절하게 사용하는 사람을 지혜롭다고 한다. 잘못된 경험의 축적은 편견이 된다. 그 편견으로 모든 것을 판단하는 사람을 답이 없는 사람이라고 한다.

얼마나 오래 했냐를 따지기 전에 언제나 부호부터 살펴야 한다. 그게 일의 순리다. 제대로 일 년을 고민한 사람의 내공은 십 년을 시간만 흘려보낸 사람의 능력보다 깊고 단단하다.

그러니 지구가 태양을 돈 횟수에 너무 집착하지 말자. 내가 지구를 돌린 것은 아니지 않는가? 그러니 제발 나이에 집착하지 말자. 이제 지구가 태양 주위를 돈다는 생색 좀 그만 내고 내 머리나 제발 똑바로 굴릴 일이다.

091 영어 읽기의 중요성

우리는 정보화의 시대에 살고 있고, 한동안은 계속(내 생각은 영원히) 정보화 시대에 살게 될 것이다. 그럼 과연 우리는 정보가 풍부한 환경에서 살고 있는 것인가? 전혀 아니다. 자칭 정보통신강국은 허울뿐인 별명에 불과하다. 한글로 쓰인 정보의 수준은 영어로 쓰인 정보랑 비교하면 과연 어떤 수준일까? 막연한 분석이 아닌 조금은 체계적인 분석을 위해 여러 분야에서 단어를 무작위으로 추출하고 그 정보가 과연 위키피디아의 어느 정도로 영어와 한글로 설명되고 있는지 글자수[Quantity]와 출처(Reference)[Quality]의 숫자를 비교해보았다.

조사 단어: 뇌, 중국, 공자, 열역학, 추상화, 트랜지스터, 베토벤, 태양광, 토끼, 한국전쟁

단어	단어수		레퍼런스	
	한글	영어	한글	영어
뇌	3151	10343	7	137
중국	6025	13604	31	480
공자	2850	6103	7	60
유채역학	137	2730	1	1
추상화	71	3719	1	35
트랜지스터	1846	5821	0	53
베토벤	4362	7565	25	120
태양광	303	6079	4	110
토끼	609	4192	1	35
한국전쟁	11922	17291	172	381

분명히 언급하지만 이 비교는 표본도 충분하지 않고, 위키피디아에서 단순 비교이기 때문에 방법도 완벽히 체계적이지는 못하다. 하지만 전 세계에 가장 많은 정보가 정리되어 있는 위키피디아에서 한글로 써진 정보와 영어로 써진 정보의 수준 차이를 정량적으로 비교하는 것 충분히 의미가 있다고 본다. 단순 단어의 양만 비교해도 평균 10배 정도가 차이가 난다. 사실 더 중요한 것은 정보의 출처를 적은 레퍼런스의 숫자인데 이것은 약 20배가 차이 난다. 레퍼런스는 깊이 들어가기 위한 표지판이다. 이렇게 출처를 알 수가 없으면 더 깊이 공부하고 싶어도 할 방법이 없다. 이렇게 양과 질의 차이를 곱하여 총체적인 수준의 차이를 비교하면 약 200배 정도의 차이가 난다는 것을 알 수 있다. 사실 더 제대로 조사하면 200배 이상의 차이가 난다. 표본이 아주 보편적인 단어들로 뽑혔기 때문에 생각보다 한글로 정리가 잘 되어 있는 편이다. 전문분야로 가면 갈수록 격차는 훨씬 커진다. 한글로 정보가 없는 경우도 부지기수이다. 양과 질을 다 고려하면 영어랑 한글로 쓰인 정보 수준의 격차는 만 배 이상이라고 해도 과언이 아닐 듯싶다.

정보의 사전적 정의를 보면 "관찰이나 측정을 통하여 수집한 자료를 실제 문제에 도움이 될 수 있도록 정리한 지식"이라고 한다. 그렇다면 다시 한 번 진지하게 생각해보자. 정보화 시대에 정보의 홍수를 걱정하라고 하는데, 과연 우리는 정보의 홍수를 경험할 수 있기는 한 것인가? 우리가 자주 가는 포털 사이트에서 보는 것들이 과연 실제 문제에 도움이 되는 것들인지 생각해봐야 될 일이다. 위의 살펴본 위키피디아의 예처럼 만약 영어로 정보를 습득할 수 있는 능력이 없다면 사실 정보의 홍수 속에 사는 것이 아니라 정보의 가뭄 속에서 말라 죽어가고 있는 것이다. 그러니 정보화 시대에 살아남고 싶다면 닥치고 영어 읽기 공부부터 할 일이다. 굳이 닥치고 하자고 한 이유는 회화 능력보다 읽기 능력이 살아가는 데에 천 배 만 배 중요하기 때문이다. 그래서 조금 과격하지만 닥치고(회화보다는 독해 먼저) 공부할 것을 권유한다.

092 버리는 카드가 살아남는 법

나는 전자과에서 박사 학위를 받았지만 졸업논문 자체는 물리에 관한 내용이 더 많다. 하지만 내가 학부 때 물리 관련 들었던 수업은 2과목밖에 없었다. 돌이켜보니 박사 학위 동안의 험난한 여정은 예정된 운명이었다. 나는 우리 지도교수님의 1기 학생이었다. 우리 지도교수님께서는 스핀트로닉스의 세계 최고 대가인 스튜어트 파킨 박사 연구소에서 박사 학위를 받으셨고, 네이처에도 논문을 발표하신 스핀트로닉스 필드의 신성 같은 교수님이었다. 패기와 아이디어가 넘치는 교수님은 아이템을 5개 준비하셔서 자신의 경력에서 최초의 연구원들인 5명의 학생과 포닥(박사 후 연구원)에게 연구를 분배하셨다. 아이템 중 4개는 교수님께서 잘 아시는 스핀트로닉스 분야였고, 나머지 하나는 그래핀이라는 교수님이 한 번도 연구해보지 않은 물질에 관한 주제였다. 나는 그래핀 관련 아이템에 배정받았다.

그렇다. 나는 사실 버리는 카드였다.

물리 배경이 전혀 없었던 나는 사실 스핀트로닉스 관련 실험을 당장 수행할 수가 없었다. 실력이 부족한 것이 내 탓이니 결정이 아쉽지만 담담히 수

용할 수밖에 없었다. 그렇게 교수님은 새로운 영역을 개척하기 위해 나를 특공 용사(?)로 투입하였다. 내 주변에 아무도 그래핀에 대해 잘 아는 사람이 없었기 때문에 물리과로 실험 정보 동냥을 다녔다. 지도교수님이 물리과의 한 교수에게 연락해서 자신의 학생에게 실험 노하우를 전수해달라고 부탁했다. 그렇지만 내가 그 교수의 부지도학생으로 배정이 불발되자(나의 연구가 본인의 실적이 아님을 깨닫자) 그 교수는 자신의 학생들에게 절대 아무것도 가르쳐주지 말라는 엄명을 내렸다. 나는 그래도 실험을 해야 했다. 그래서 그 연구실에서 제일 만만한(?) 학부 연구생들을 살살 꼬셔서(?) 아주 얕은 수준의 노하우를 야금야금 배웠다. 그리고 혼자서 실험을 감행하기 시작했다. 실패의 연속이었다. 사실 실패인지 성공인지 알 방법도 잘 없었다. 계측을 하면서 신호가 측정되면 나도 지도교수님도 그게 맞는 신호인지 아닌지 잘 알지도 못했다. 그렇게 몇 개월이 지났을까? 나는 새벽 3시에 우연치 않게 남들이 아무렇지도 않게 측정하는 기본 신호를 우연하게 측정했다. 얻어걸린 것이었고 그것을 바탕으로 올바른 실험을 겨우 시작하기 시작했다.

그럼 이제 연구가 술술 풀렸을까? 아니다. 얻어걸린 신호를 다시 제대로 구현하기까지는 몇 달이 또 걸렸다. 새로운 분야 개척도 중요하지만 개인적으로는 내 졸업이 훨씬 더 중요했다. 이런 식으로 연구가 진행되면 약 20년 정도 연구해야 박사 학위를 받을 수 있을 것 같았다. 그래서 나는 실험은 많이 줄이고 논문이 될 만한 주제를 찾으러 여기저기 기웃거리기 시작했다. 그러다 우연치 않게 그래핀 표면 특성에 관한 컨퍼런스 발표를 보았다. 무식이 용감을 부른다고 물리도 모르는데 화학 분야에 대한 연구에 관심을 갖게 된 것이다. 당연히 지도교수님도 전혀 모르는 분야였다. 아무튼 박사자격시험의 수월한 통과를 위해 좋은 논문 필요했던 나는 그 실험에 착수했다. 물론 전혀 모르는 분야기 때문에 시료도 관련 장비도 우리 연구실에 있지 않고 그러니 사용해본 경험도 없는 것들이었다. 시료도 구걸하듯이 구하고 실험 장비도 빌붙듯이 사용했다. 그래서 결과를 조금 얻었고 잘 정리해서 교수님께 보여드리니 교수님이 고개를 갸우뚱 하셨다. 그렇다. 전문가가 아니었던 우리는 그게 좋은지 나쁜지 판단도 잘 못했다. 그래서 학부 1학년 수준부터 다시 공부해서 추가 실험을 하면서 논문을 쓰기 시작했다. (함께 처음부터 공부해 주신 교수님에게 진심으로 감사하다.)

여기서 버리는 카드의 아주 큰 장점을 언급하면 **관심 밖에서 일하면 권한이 적게 주어지는 만큼 의무도 적게 주어진다.** 그만큼 책임이 적기 때문에 더 자유롭다. 또, 사람들은 자신이 무관심한 일은 어떻게 잘 돌아가는지 모른다. 그래서 내가 일을 하면 우리 교수님은 그게 얼마나 진행된 것인지 잘 알 수 없었다. 나는 그래서 자유롭게 내가 하고 싶은 것을 이것저것 할 수 있었다. 필요하면 도서관에서 살면서 연구실 출근도 안 하면서 몇 날 며칠 기초과목만 공부한 적도 있다. 그때 쌓인 스스로 공부하는 법들이 내 인생에 큰 내공이 되었다. 그렇게 연구는 계속 진행되었고 우리는 꾸역꾸역 진도를 나가 결국 논문을 완성했다. 이 논문 최고의 학회지는 아니지만 그래도 꽤 인정받는(올림픽으로 따지만 동메달 수준) 저널에 결국 실렸고, 지금 현재 거의 200번 인용에 육박한 아주 좋은 페이퍼가 되었다.

버리는 카드는 이렇게 조커로 조금씩 변모하기 시작했다. 이렇게 나는 가장 연구 내공이 낮았지만 가장 먼저 페이퍼를 게재하였고, 연구실의 두 번째 페이퍼도 내가 또 좋은 저널에 게재하게 되었다. 나는 그래서 졸업논문을 위한 실험들을 거의 내가 처음부터 끝까지 다 주도적으로 설계하였다. 교수님은 내가 데이터를 뽑으면 적극적으로 도와주시기만 하셨다.(사실 박사 과정이라면 교수와 학생의 가장 이상적인 모습이다.) 그렇게 나는 좋은 저널에 5개의 논문을 3년도 안 되어 발표하는 괴물 같은 퍼포먼스를 보여주었다. 그중에 하나는 마찰력 관련 논문이었는데 나와 지도교수님은 이 논문을 내기까지 마찰력의 단위도 정확히 모르고 있었다. 하지만 그 페이퍼도 바닥부터 공부하면서 전문가들과 협업 통해 결국은 좋은 저널에 게재되었고 지금 약 50번 정도 인용이 되는 아주 인정받는 논문이 되었다. 여기서 끝이 아니다. 버리는 카드의 이점인 자유로움을 극대화하여 우리는 결국 사고를 친다.

그래핀 분야가 잘 되니깐 포닥 한 명이 스핀트로닉스 분야에서 그래핀 분야로 넘어왔다. 사실 그 친구도 포닥 중에 버리는 카드가 된 것이다. 물리 지식이 부족했던 나는 버리는 카드인 칼론 박사가 너무나도 반가웠다. 우리는 그렇게 같이 실험을 했고 아주 흥미로운 물리 현상을 계측했다. 때마침 학교에서 그래핀 학회가 있었는데, 운명의 장난처럼 그 자리에는 그래핀으로 노벨상을 받은 안드레 가임 교수가 있었다. 우리 교수님은 우리가 측정한 데이터를 발표하였다. 교수님의 주 전문분야가 아니라서 그런지 교수님도 발표에 자신이 없었고, 포닥인 칼론 박사는 심지어 발표장에서 도망을 갔다. 발표가 끝나자 안드레 가임 교수가 딱 한마디를 했다. "그 현상은 너희 시료가 아주 더럽기 때문에 측정된 것이다. 터무니없다." 반박 한 번 못 하고 그렇게 발표가 끝났다. 세계적인 대가들의 벽의 높이를 실감했다. 그래도 주눅들지 않고 계속했다. 버리는 카드들이 잃을 것이 무엇이 있겠는가? 그렇게 2년 정도 실험을 하면서 꾸준히 동메달급 저널에 계속 논문을 내면서 우리는 아주 근근이 살아남았다.

꾸준함은 특별함을 만든다.

우리에게도 기회가 왔다. 정말로 괜찮은 신호를 확실히 계측했다. 그래서 최고의 이론 물리학자인 안토니오 교수에게 가설을 바탕으로 시뮬레이션과 더 탄탄한 이론을 만들어 달라고 요청했다. 그리고 안토니오는 우리에게 슈퍼헤비급 독설을 날렸던 안드레 가임 교수를 소개해 주었다. 우리 교수님은 2년여 만에 다시 심사대 앞에 서서 또 발표를 하셨다. 이번에는 달랐다. 안드레 가임 교수는 상당히 흥미로운 반응을 보였고, 우리는 공동연구를 진행하게 되었다. 버리는 카드 두 명과 비전문 영역의 교수가 노벨상 수상자와 일을 하게 된 것이다. 원래는 내가 맨체스터 대학의 전문 연구원으로 가서 연구를 진행했어야 됐지만 내가 취업을 결정해서 칼론 박사가 가서 추가 실험을 하였고 우리는 그 결과를 바탕으로 끝내 세계적인 권위지 네이처지의 자매지인 네이쳐 커뮤니케이션에 2015년 9월 21일 "Extremely Large Magnetoreistance in Few-layer Graphene/Boron-Nitride Heterostructure"라는 논문을 노벨상 수상자와 함께 발표하게 되었다. 그리고 칼론 박사는 유럽에서 가장 권위 있는 프로그램인 마리퀴리 펀드를 받고 안드레 가임 교수 밑에서 연구를 더 하게 되었다.

동전에는 양면이 있다. 절대 한 면만 있는 동전은 없다. 인생도 마찬가지이다. 좋은 면이 있으면 나쁜 면도 반대에 있고, 나쁜 면이 있으면 좋은 면도 반드시 존재하기 마련이다. 위기는 기회라는 말이 식상하게 들릴지도 모른다. 하지만 엄연한 사실이다. 축구에서도 역습은 상대방이 우리를 가열차게 공격할 때만 가능한 것이다. 야구에서도 상대방의 찬스를 막아내면 상대방의 사기는 떨어지고 초조함이 상승하여 우리 팀에게 기회가 오는 것이다. 누구나 관심 안에 있고 싶어 한다. 하지만 관심의 반대 면에는 구속이 있다. 자유롭지 못한 것이다. 버리는 카드가 되면 비참하기도 하겠지만 자유로움이라는 엄청난 포텐셜을 얻는다. 그 자유로움이야말로 가장 큰 기회이다. 그러니 지금 자신이 조금 관심 밖에 있다고 신세한탄에 자유로움을 낭비하지 마라. 그럼 더 이상 버려진 카드가 아니라 찢어진 카드가 될지도 모른다. 찢어진 카드는 아쉽게도 나중에 판에 다시 들어오지 못한다는 사실도 잊지 않았으면 한다.

이 글을 통해서 나의 무지함을 묵묵히 받아주신 내가 진심으로 존경하고 사랑하는 양현수 교수님께 머리 숙여 감사드린다고 말하고 싶다. 이 마지막 문장을 치는데 이상하게 눈물이 난다.

093 인생에서 꼭 피해야 할 사람들

이런 사람들만 **멀리하면** 인생 절반은 성공이다.

1. 나 돈 벌게 해주겠다는 사람 ▶ **너 많이 벌고 나 맛난 것 사주라고 하면 됨**
2. 영혼 없이 나에게 좋은 소리만 해주는 사람 ▶ **단것만 먹으면 당뇨 걸리고 치아 썩듯이, 사탕발림 같은 소리만 들으면 마음이 썩고 정신이 비만해짐**
3. 나한테 다른 사람 욕하는 사람 ▶ **다른 데 가서 내 욕 함**
4. 자신의 못난 기준으로 타인을 평가하는 사람 ▶ **같이 있으면 될 일도 안 됨**
5. 심하게 모든 것에 대해 부정적이고 염세적인 사람 ▶ **옆에 있으면 상당히 피곤함**

094 좋아하는 일 찾기 = 엄마 말 잘 듣기

좋아하는 일 찾기의 모순

많은 사람들이 좋아하는 일을 찾아 헤맨다.
아무리 헤매도 대부분이 찾지 못한다.
그 이유는 간단하다.
좋아하는 일은 만들 수는 있어도 찾을 수는 없기 때문이다.
좋아함의 씨앗은 익숙함이다.
익숙함 없이 좋아하는 것을 운명적으로 찾았다는 것은 오해이다.
찾은 것 같아도 막상 해보면 변심이 드는 게 사람 마음이다.
어떻게 씨앗 없이 열매를 맺으려고 하는가?
좋아하는 일을 진짜 찾고 싶다면 빨리 익숙해지는 법을 배워라.
안타깝게도 빨리 익숙해지는 최고의 방법은 공부밖에 없다.
그래서 엄마가 그렇게 지혜로운 것이다.
괜히 어렸을 적부터 죽어라 공부만 하라고 잔소리 하는 것이 아니다
본인이 못 찾아서 너라도 제발 좋아하는 것을 꼭 만들라고 절규하는 것이다.
좋아하는 것을 찾고 싶다고?
그럼 너를 좋아해주는 엄마 말부터 잘 들을 일이다.

095 양질의 전환

독서'량'이 많은 사람보다는

독서'질'이 높은 사람이 되고 싶다.

그러려면 양질의 전환이 필요하다.

역설적으로 충분한 독서량이 축적되어야 독서질이 높아진다.

'양'을 모르고 '질'을 논할 수 없다.

충분한 '양'이 모이면 '질'이 피어난다.

그래서 노력 없는 실력도 절대 없는 것이다.

티끌 무시하지 마라. 모이면 태산이 된다.

개울 깔보지 마라. 모이면 바다가 된다.

부질없이 허상만 좇을 일이 아니다.

부지런히 노력할 일이다.

그게 인생이다.

096 Viewglass

강렬한 태양빛을 막아서 눈을 보호하고 피로를 덜어주는 물건을 우리는 Sunglass라고 한다. 그런 관점에 자외선보다 더 해로운 타인의 시선을 막아주는 Viewglass가 우리 인생에 더 필요한 것 같다. 우리가 두려워하는 것은 실패라는 결과 자체가 절대 아니다. 실패에 대한 **타인의 평가**이다. 생각해보면 혼자 집에서 샤워할 때는 모두가 '나는 가수다'의 주인공 아닌가? 그래서 연세 지긋한 분들은 공중목욕탕에서도 큰 소리로 한 곡 뽑을 수 있는 것 같다. 살아보니 남 시선이 내 인생에 줄 수 있는 영향은 아이쇼핑(아무리 쳐다봐도 내 손에 '절대' 들어오지 않는다.) 정도라는 것을 깨우쳤기 때문일지도 모르겠다.

진짜 두려워해야 할 것은 타인의 시선이 아니라 '스스로에 대한 평가'다. 하지만 우린 타인의 평가에만 집착해 스스로에 대한 평가는 잘 하지 않는다. 그렇게 자신을 평가하지 않으면 삶의 기준을 스스로 세울 수 없다. 자신의 인생을 타인의 기준에 맞춰서 살아야 한다. 기준이 없으면 자신이 얼마나 성장하는지 알 수도 없다. 인생의 최고의 즐거움 중에 하나는 단연코 성장이다. 하지만 대부분의 사람이 스스로가 세운 잣대가 없기 때문에 본인이 성장하는지 알 수가 없다. 그래서인지 성취로 인한 행복한 감정을 느끼는 것은 고사하고 그냥 무의미하게 끼니 때우듯 하루하루를 흘려보내게 된다. 해외여행을 나가면서 선글라스만 면세점에서 사 가지고 올 것이 아니라 해외에서 경험한 타인의 시선이 별것 아니라는 느낌을 마음에 꼭 담아 와야 될 것이다. 그래서 선글라스를 쓰고 콧대만 높이 치켜들게 아니라, Viewglass를 쓰고 자존감을 높게 치켜세우고 살아가야 할 일이다.

097 태도

언제나 태도가 전부다.

업무와 학업에 있어서 에이스가 되고 싶으면 능동적 태도는 필수조건이다.

하지만 자신의 부족함과 불편함에 능동적 '배려'를 바란다면

그것은 '장애'다.

098 목표가 보이지 않을 때

무엇보다도 언급하고 싶은 것은 목표가 보이지 않을 때는 적어도 최악의 상황은 아니라는 것이다. 가짜 목표를 좇으면서 인지하지 못할 때가 실로 최악의 상황이다. 사실 목표를 성취하기 위해 노력하는 것보다 목표를 찾는 것이 더 어렵고 중요한 과정이다. 하지만 많은 사람들은 마음만 먹으면 목표는 딱 하고 나타나야 하는 것으로 오해를 많이 한다. 인생에서 평생 추구할 수 있다는 꿈을 가진 것은 백만장자보다 더 풍요로운 마음의 상태를 가진 상태이다. 그래서 목표를 찾는 것은 당연하고 간단한 과정이 절대 아니고 생각보다 아주 어렵고 한편으로는 인생에 아주 소중한 과정인 것이다.

그렇다면 등대도 나침반도 없이 완전히 길을 잃은 것처럼 막막하고, 내가 나아가기 위한 어떤 이정표도 없을 때 우리는 과연 어떻게 인생 목적지를 찾아야 될까? 가장 현실적으로 난국을 헤쳐나가는 방법은 '아주 작은 목표'를 세우는 것이다. 대표적으로 작은 목표가 될 수 있는 독서와 운동에 대해서 말해보고자 한다.

우선 평소에 책을 잘 안 읽었다면 시간을 정해놓고 제대로 읽고 독후감을 써보는 것이다. 보통 책을 시간 나면 읽는 경우가 많은데, 그것보다는 스스로 마감시간(Deadline)을 정해놓고 스마트폰도 끄고 전심전력을 다해 책만 읽어보자. 익숙하지 않아 몸이 '배배' 꼬여도 죽어라 책만 읽는 것이다. 그리고 요약을 해보고 거기다 나만의 느낀 점을 넣은 독후감을 작성해보는 것이다. 만약에 독후감이 잘 써지지 않는다면? 다시 읽어야 된다. 책 하나가 온전히 소화될 때까지 읽고 또 읽는 것이다. 그래서 쓴 독후감을 친구들이랑 같이 공유도 하고 아니면 독서모임 같은 곳에 나가서 피드백도 받아보면 도움이 된다. 그렇게 한 권을 제대로 읽고 나면 어떤 작은 일을 하더라도 충분한 시간과 노력이 투입이 되어야 한다는 사실을 몸으로 깨우칠 수가 있다. 그러면서 작은 성취의 목표 수단이었던 책의 내용들은 조금씩 내 성장의 밑거름이 된다. 그러면 내 삶은 조금 더 비옥해진 환경에서 더욱 자라게 되고 조금씩 더 멀리 볼 수 있는 능력이 생기게 된다.

운동도 마찬가지이다. 단순히 막연하게 10kg 감량이라는 숫자에 집착하지 말고 어떤 작은 성취에 집중 하는 게 좋다. 예를 들면 5km 달리기를 한다고 생각해보자. 우선 체력이 약하면 천천히 뛰어서 완주 자체를 목적으로 한다. 완주를 하게 되면 기록이란 게 생긴다. 이 기록을 다음에 뛸 때마다 1초씩이라도 단축하는 것이 목표가 된다. 그렇게 가시적으로 실현 가능한 목표가 생기면 꾸준히 실천할 가능성이 높아진다. 이렇게 꾸준히 운동을 통해 자기 한계를 극복하면서 실천하면 체력도 좋아지고 인내심도 늘어나게 된다.

그러면 덤으로 자연스레 학습이나 업무에도 도움이 된다.

이런 작은 목표들이 꾸준히 이어지면 어느 순간에 임계점을 넘게 된다. 그러다 보면 내가 의도하지는 않았지만 어느 순간 큰 목표에 도전하고 있는 나를 발견하게 된다. 인생이 어렵다면 어려운 게 성장의 변화를 눈으로 확인할 수 없기 때문이다. 성장은 미시적으로는 절대 눈에 보이지 않는다. 그러다 그 노력이 충분히 응축되면 정말 나도 모르게 성장하게 된다. 그러니 목표가 보이지 않을 때는 실현 가능한 아주 작은 목표를 세워 보자. 답답하고 불안하다고 절대 서두르지 말자. 목표가 멀다고 두 걸음 세 걸음 한 번에 나아가려고 하면 넘어지기 십상이고 그렇게 자꾸 넘어지면 포기하는 마음이 만성적으로 변하게 된다. 그러니 더 천천히 단단하게 내딛자. 목표는 절대 달아나지 않는다. 나약해진 의지가 우리를 목표에서 멀어지게 하는 것이다. 작은 목표를 세우고 꾸준히 한 걸음 한 걸음 걷다 보면 어느새 산 정상에 서 있는 우리를 발견하게 될 것이다.

099 영화 같은 인생

영화 같은 인생을 꿈꾸는가? 그럼 좋은 영화의 구성을 알아보자.

"영화의 핵심은 어떤 두 사람 사이에 벌어지는 4~5분간의 사건들이다. 나머지는 모두 이 순간들에 임팩트와 반향을 주기 위하여 존재한다. 시나리오란 그 순간들을 위해 존재하는 것이다." – 로버트 다우니–

좋은 영화의 구성은 매 장면(Scene)마다 임팩트를 주지 않는다. 우리 인생이 영화와 같다면, 절정의 순간을 위해 적절한 스토리 분배가 필요할 것이다. 더 극적인 영화를 원한다면 좌절과 고난의 시간은 시나리오에 필수로 들어가야 될 것이다. 인생이 무미건조하다고 슬퍼하지 마라. 최고의 영화들도 중반부가 넘어가기 전까지는 별일 일어나지 않는다. 하지만 명심해라. 아무것도 일어나지 않는 것 같아도 그것은 절정으로 치닫기 위한 꼭 필요한 배경임을 절대 잊지 마라. 우리가 올바른 인생의 시나리오(계획)을 가지고 있다면, 하루하루 평범한 시간들도 최고의 순간을 위한 꼭 필요한 부분임을 반드시 기억하자. 그래야 멋진 영화 같은 인생이 만들어진다.

100 참기름 같은 사람

영향력 있는 사람이 되고 싶다.

참기름같이 극소량으로 풍미를 더하는 그런 영향력을 갖고 싶다.

1말(약 18 리터)의 참깨를 죽어라 짜야

소주 8병(약 3 리터) 분량의 참기름이 나온다.

참기름의 아우라는 그냥 만들어진 게 아니었다.

노력해야겠다. 공부해야겠다. 경험을 더 해야겠다.

내 머리와 몸속에 지식과 경험을 꾹꾹 쌓아 넣어야겠다.

그리고 말과 글로 짜내야겠다.

한 마디 한 마디에 지혜의 고소함이 나오는 사람이 되어야겠다.

참기름의 숭고한 탄생을 본받아

앞으로 한 분야는 무조건 책 여섯 권을 최소로 봐야겠다.

그렇게 최소 여섯 권을 짜낸 후에야 무엇 좀 안다고 말해야겠다.

이렇게 진한 참기름같이 매력적인 사람이 되어야겠다.

101 금요일 밤

모두가 행복한 금요일을 밤을 보내기를 기원한다.

억누름을 분출하기 때문이 아니라, 나 자신을 성장시킬 수 있는 온전한 시간이 우리를 기다리고 있어 설레는 그런 금요일 밤이었으면 좋겠다. 불같은 금요일의 뜨거움이 모든 감정을 증발시켜 공허함만 남는 그런 토요일의 반복을 경험하지 않기를 바란다. 우공이산이 우매함의 상징이 아니라 넘치는 패기와 열정의 상징으로 받아들여지기를 소망한다. 그렇게 금요일 밤의 티끌 같은 노력들이 모여 나중에 꼭 인생의 태산이 되기를 진심으로 기원한다. 꿈이 결핍된 인위적 노력으로 채워진 기계 같은 삶보다 아득히 멀리 있어도 내 꿈을 바라보며 한 발짝씩 묵직히 내딛는 영혼들이 많아지기를 꿈꾼다.

그렇게 금요일 밤이 자신만의 의미로 깊게 채워지기를 간절히 바란다.

102 진짜 어른

연공서열이 사회의 핵심 기준인 대한민국에서 과연 나잇값을 제대로 테스트할 수 있는 방법이 있을까? 부족하지만 내 생각으로는 '훈수'와 '훈계'의 차이를 이해하고 있으면 나이를 불문하고 최소한 어른이라고 불릴 자격이 있는 것 같다. '훈수'와 '훈계' 얼핏 보면 비슷한 뉘앙스를 지니고 있는 것 같지만 전혀 반대의 개념이다.

훈수: 어떤 일을 잘 할 수 있도록 가르치듯이 말함.
훈계: 잘못하지 않도록 타일러 주의시킴.

유사한 행위가 같지만 방향이 Positive(긍정)와 Negative(부정)으로 정반대다. 대부분 '꼰대'라는 개념은 엄밀히 말하면 훈계를 하면서 훈수를 둔다고 착각하는 사람들을 지칭한다. 사실 좋은 훈수를 두기란 어렵다. 내 인생 하나 건사하기도 힘든데 남의 인생 잘 되도록 조언해주는 게 과연 쉬울까? 그래서 실질적으로 대부분의 좋은 훈수는 감정에 휩싸이지 않고 객관적으로 바라봐주는 것이 80%이다. 그렇게 객관적으로 멘티와 감정적 동조를 철저하게 격리하고 해야 되는 것이 훈수인데, 침 튀면서 이래라저래라 감정적으로 조언하는 것이 대부분인 상황에서 좋은 훈수를 찾기는 어렵다. (그렇다면 좋은 멘토를 찾는 법이 여기서 하나 제시된다. 단순히 많이 아는 사람이 아니라, 감정에 쉽게 휩싸이지 않는 냉철한 사람이 좋은 멘토일 확률이 높다.) 사실 훈수는 크게 문제가 되지 않는다. 폭죽인 줄 알았는데 잘못 터뜨리면 핵폭탄으로 변하는 게 '훈계'이다.

훈계를 하는 것은 사실 쉬워 보인다. 보편적으로 잘못되었다고 여겨지는 것에서 벗어나는 것에 대하여 조언을 주면 끝이다. 하지만 대부분이 '다름'을 '틀림'으로 규정해 버린다. 자라온 환경과 상황에 따라 기준이 다른 것인데 자기의 경험이나 기준에서 벗어났으면 틀림으로 판단하면서 문제가 발생한다. 흔한 예로 "요즘 애들은 스마트폰 중독이다."를 생각해보자. 맞는 말인 것 같기도 하지만 엄밀한 말하면 틀린 문제는 아니다. 그냥 보편적 기호가 다른 것뿐이다. 그렇다면 요즘 어른들도 100년 전 사람들 기준으로 볼 때 "요즘 것들은 너무 자동차랑 전화 같은 것에 중독이 되었다."라는 얘기를 들을 수도 있는 것이다.(10리 길 정도는 다 걸어 다녀야 기본 아니었던가?) 좋은 훈계의 예를 들면, 스마트폰 중독에서 대해서 훈계를 정말 하고 싶다면 『디지털 치매』나 『생각하지 않는 사람들』 같은 책들을 읽고 뇌 과학적으로 스마트폰을 너무 자주 쓰면 뇌에 어떤 악영향이 있는지 설명해주는 것이 합리적인 훈계가 된다. 그러면 조언 받는 사람도 더 잘 받아들이고 심지어 고마워할 것이다.

마지막으로 나이에 관하여 사회에 팽배한 아주 잘못된 오해는 연령이 높으면 이해도 또한 더 높을 것이라는 착각이다. 논리의 문제는 어느 정도 독립적으로 사고할 수 있는 수준이 되면 나이와는 크게 상관없다.(십 대 후반 정도부터 독립적으로 사고할 수 있지 않나 생각한다.) 오히려 프로 바둑 기사의 세계를 보면 알 수 있듯이 젊은 사람의 두뇌 회전이 더 빠른 경우가 많다. 그럼 나이 먹는다는 것은 생물학적으로 죽음에 가까워진다는 바로미터밖에 안 되는 것인가? 그렇지 않다. '나이 ∝ 경험'일 확률이 높다. 경험이란 것은 보통 시간이 지나면 저절로 쌓이는 줄 아는데 경험을 정의를 살펴보면 절대 그렇지 않다. 경험은 자신이 실제로 해보거나 겪어보고 거기서 얻은 지식이나 기능을 말하는 것이다. 의식적으로 노력하지 않아서 지식이 축적되지 않은 경험들은 그냥 그건 세월만 흘려보낸 경우이지 절대 제대로 된 경험이 아니다. 경험은 논리의 문제가 아니고 시간과 시도의 문제이기 때문에 나이가 많은 사람이 가장 많이 가질 확률이 높아야 하는 것이다. 그래서 '나잇값'을 인정받고 싶다면 경험의 풍부함을 증명해야 하는 것이다.

그럼 어른의 필수인 경험은 어떻게 증명이 되나? 바로 '신중함'이다. 올바른 경험을 많이 하면 할수록 세상이 돌아가는 원리가 운이 칠이고 내가 준비한 기가 삼밖에 안 된다는 것을 깨닫게 된다. 또 예상치 못한 보이지 않는 리스크들이 너무 많아서 무언가를 하나 성공한다는 것은 생각보다 훨씬 어렵다는 사실을 깨우치는 것을 우리는 성숙해진다고 한다. 그런 사실들을 알기 때문에 경험이 많은 사람들은 절대 함부로 조언을 하지 않는다. 아주 신중하게 조언을 한다. 또, 현상을 해결하는 조언보다는 문제의 근원을 생각하게 해주는 조언을 준다. 그래서 성숙한 조언은 머리에서 나오는 것이 아니라 마음에서 나오게 되는 것이다. 그래서 생각 없이 주절주절 근거 없는 '훈계질'하는 사람들은 경험의 부족을 스스로 드러내는 것이다.

단순히 나이를 먹는다고 어른이 되는 것은 절대 아니다. 어른이 되는 과정에는 사고의 성숙이 일어나야 하기 때문에 상당한 노력이 요구된다. 문제는 어른이 되냐 안 되느냐가 아니다. 진짜 문제는 무조건 나이가 많으면 어른 대접을 받으려고 하는 의식과 무의식이 만연한 분위기이다. 이런 사고방식은 세대 간의 대립 문제부터 업무의 비효율까지 상당한 사회적 비용을 대한민국이 지불하게 만들고 있다. 그러니 모두가 한 번 정도는 진지하게 나는 진짜 어른인가 하는 당연한 물음을 스스로에 던져보기를 바란다. 그렇게 된다면 상당한 사회적 문제가 생각보다 순조롭게 해결될 수도 있을 것이다. 나부터 가짜 어른이 아닌 진짜 어른이 될 수 있도록 부단히 노력해야겠다.

103 효율적인 조직을 만드는 아주 간단한 방법

조직을 효율적으로 만드는 가장 좋은 방법은 구성원을 조금씩 이타적으로 만드는 것이다. 그러기 위해서는 리더부터 진심으로 이타적인 모습을 보여주는 게 시작이다. 언제나 가장 빠르고 효과적인 교육 방법은 보여주는 것이다. 그러니 리더들이여 생각만 하지 말고 또 말만 하지도 말고 제발 이타적으로 먼저 솔선수범하자.

104 꿈 = 여행 ?

“나의 꿈은 세계일주”라는 이야기는 쉽게 들을 수 있다. 그래서 페이스북에 가끔 전 세계를 돌며 찍은 사진들과 짧은 동영상들을 음악과 함께 편집한 포스팅은 최고의 반응을 얻고는 한다. 다들 “저게 진짜 인생인데……”, “내 꿈도 세계일주……”와 같은 반응 일색이다. 그런데 세계일주가 과연 진짜 꿈일까? 내 생각은 대부분은 ‘아니다’이다. 만약에 세계 여행이 진짜 꿈이라면 둘 중에 하나를 선택하면 된다. 약간의 돈이 모이면 앞도 뒤도 안 보고 바로 떠나거나 아니면 리스크를 줄이기 위해 평생에 걸쳐 돈을 모으고 은퇴 후 천천히 세계여행을 하는 것이다.

우선 전자를 행하는 사람이 없다는 것은 대부분이 진짜 강렬하게 원하지는 않는다는 것이다. 정말로 결혼하고 싶은 사람을 만나면 어떻게 되나? 눈 뜨자마자 보고 싶고 늘 함께 있고 싶지 않던가? 그런데 그(녀)가 나를 좋아하지 않는다면 어떻게 되나? 마음이 아파서 병이 난다. 그런 게 꿈을 가진 사람이 꿈을 실현하지 못할 때 반응이다. 그렇다면 은퇴 후 가는 세계여행의 꿈은? 이것 또한 거짓말이다. 왜? 만약에 진짜 꿈을 이루고 싶다면 현실적으로 준비 과정이 즐겁지는 않아도 참을 만은 해진다. 또, 나중에 가고 싶다면 매일같이 자료도 조사하고 구글맵 등을 이용해서 가상투어도 하면서 설렘을 가지고 준비할 텐데 전혀 그러지 않는다.

세계일주는 대부분 사람들의 꿈이 아니라 현실도피의 긍정적 표현인 경우가 많다. 꿈은 입으로 말하는 것이 아니라 몸으로 말하는 것이다. 생각만 해도 입꼬리가 올라가고, 꿈의 실현이 가까워질수록 흥분돼서 잠도 못 자고, 혹시 잃어버릴 것 같으면 끙끙 앓게 되는 것이 꿈의 존재를 말해주는 것이다. 꿈이 있다는 것은 거기에 인생을 한번 걸어보겠다는 것이다. 나는 세계일주가 꿈이라고 말하면서 그에 상응하는 준비를 전혀 하지 않는 사람들에게 한마디 해주고 싶다. 생각의 영역은 한계가 없이 무한하지만 우리의 능력은 현실적으로 유한하다. 그러므로 우리가 현실적으로 꿀 수 있는 꿈도 한계가 있다. 그래서 인생에서 꿈이 없는 사람보다 더 불쌍한 사람이 가짜 꿈을 가지고 사는 사람들이다. 가짜 꿈이 우리의 꿈 메모리를 다 차지하고 있으면 진짜 꿈이 저장될 공간이 없어진다. 그러니 정들었어도 과감하게 가짜 꿈을 지울 수 있는 지혜와 용기를 갖기를 꼭 바란다.

105 Chindia

내가 미국 대학교 합격 후 방향을 180도 돌려 싱가포르국립대로 유학을 간 가장 큰 이유는 Chindia(China + India)를 간접적이지만 가장 완벽하게 경험해보고 싶어서였다. 특히 내가 속한 전자과 대학원은 정확히 비율이 중국 학생 4 인도 학생 4 기타 국가 학생 2였기 때문에, 인도와 중국 학생들의 특징을 함께 들여다볼 수 있는 좋은 기회였다. 5년간 Chindia 친구들을 관찰하고 그 사실을 우리나라 친구들과 비교하면서 다음과 같은 결론을 내렸다.

Chindia 학생들이 똑똑하기는 한데 아인슈타인은 아니었다. 우리 연구소의 학부 인턴 연구생들은 IIT나 중국 탑 10 대학교에서 많이 왔다. 당연히 똑똑하지만 흔히 중국 18억 명 중에 몇 등, 인도 12억 명 중에 몇 등 해서 구구단을 200단까지 외우는 한국 사람들이 막연하게 상상하는 그런 공부 괴물들은 아니었다.(하지만 인도 학생들의 암산 능력은 정말 탁월했다.) 지적 능력은 나와 함께 일했던 서울대, 카이스트 친구들도 전혀 떨어지지 않았다. 오히려 높은 경우도 많았다. 문제는 질은 비슷해도 학생 수가 본국에 압도적으로 많다는 것이다. 그리고 인건비가 아직도 우리의 1/3이 안 된다는 사실이다. 생각할 때마다 두렵다.

진짜 문제는 언어이다. 인도 친구들은 발음은 독특해도 영어로 읽고 쓰는 일에 문제가 전혀 없다. 중국 친구들도 일단 틀리는 것에 두려움이 없기 때문에 우리나라 학생들보다 평균적으로 영어를 더 잘한다. (물론 어순의 문제도 무시 못 할 것이다.) 결정적으로 중국인 친구들의 최대 강점은 우리가 최고의 스펙으로 여기는 중국어가 모국어라는 것이다. 언어는 부차적인 문제가 아니다. 가장 중요한 문제이다. 비슷한 능력을 가진 중국과 인도 친구들의 취업률을 보면 어느 영어권 국가나 인도 친구들의 취업률이 압도적으로 높다는 사실이 실력만큼 언어도 중요하다는 사실을 확인시켜 준다. 하지만 영어로 독해와 작문 능력이 턱없이 부족하고 기본 한자를 모르는 한국 친구들은 경쟁력이 심각하게 부족하다. 특히 한자는 중국어와 일본어로의 접근성을 높여주고 우리 언어의 깊이를 높이는 데 필수지만 잘못된 교육 과정이 우리 고유의 장점을 말살시켰다. 정말 큰일이 아닐 수 없다.

언어보다 더 중요한 것은 욕망이다. 중국이나 인도 친구들의 열정은 넘치다 못해 탐욕스러워 보일 정도이다. 금전적 성공을 하겠다는 열망이 정말 무섭게 느껴졌다. 한국 친구들도 열망은 있다. 안전하게 살고 싶다는 열망이다. 같은 에너지지만 부호가 다르다. 이렇게 만든 것은 전적으로 어른들의 잘못이다. 인도와 중국 친구들이 성공에 굶주린 짐승 같다고 하면 한국 친구들은 잘 훈련받은 잘생긴 개같이 느껴진다. 잘 훈련받은 호랑이로 키웠어야 하는데 기성세대가 심하게 잘못 인도했다. 굶주린 야수와 길들여진 개가 붙으면 결과는 뻔하다. 젊고 어린 친구들에게 너무 미안하다. 그렇다고 어른들을 너무 원망 말자. 그들도 고의적으로 한 일이 아니다. 본인들의 자식들은 조금 더 편하게 살게 해주고 싶다는 욕망이 실수가 된 것이다. 인정하고 다시 고치면 된다. 인정하지 못하면 영원한 실패가 된다.

한국 상황이 나빠지는 이유는 내부에도 있지만 외부에서 작용하는 힘이 전체적으로 더 크다. 10억 오랑캐가 쳐들어오려고 하는데 큰 굿판(한류 같은 것)으로 막을 수 있다고 생각하는 탐관오리가 넘쳐나는 것 같다. 이미 준비는 안 됐다. 인정해야 된다. 가까운 미래는 피할 방법이 없다. 아주 힘들 것이다. 교육의 효과는 빨라야 10년 뒤에나 나온다. 교육보다 중요한 것은 의지를 고취시키는 일인데 그게 과연 인터넷에서 글 몇 자 적어서 떠든다고 될 일인지 모르겠다. 긴 보릿고개가 올 것이다. 그래도 모르고 당하는 것보다 알고 준비하면 훨씬 덜 아플 것이다. 인도와 중국은 거대한 만큼 앓고 있는 문제도 크다. 지금부터 집요하게 준비하면 10년 뒤에 우리에게도 기회는 있다. 반드시 있다. 가열차게 준비하면 국지전에서는 지금 당장 승리도 가능하다. 우리는 그렇게 만만한 사람들이 아니다. 그러니 다들 마음 단단히 먹고 제대로 해보자.

106 인생 연립 방정식 III

1. 끝날 때까지는 끝난 게 아니다 - 요기 베라
2. 내일은 또 다른 태양이 뜬다 - 비비안 리

오늘 실패했다고 인생 끝나는 것은 아니다.
인생 죽기 전까지는 끝나는 것은 없다. 그러니 끝까지 한번 해보자!

107 법으로 금지해야 하는 4가지 나쁜 조언들

1. 대학 입학에 들뜬 고3에게:

쯧쯧, 대학 가봐라!

(별거 없다, 취업 준비해야 된다.)

2. 취업에 목숨 건 취준생에게:

애휴, 취업해봐라!

(오면 여기가 진짜 지옥이다. 대학에서 놀 때가 좋지.)

3. 늘 함께 하고 싶어 결혼을 하려는 연인에게:

어휴, 결혼해봐라!

(혼자 살 때가 최고지.)

4. 귀여운 아기를 임신한 부부에게:

쯧쯧, 애 키워봐라.

(얼마나 개고생인지 알고 나면 하나만 키우고 싶을걸.)

본인의 인생이 못났다고 타인의 인생까지도 못났다고 생각하는 것은 너무나 큰 착각이다. 저런 의미 없는 조언들은 그냥 무시하면 된다. 개인적으로 나는 대학 생활도 너무 즐거웠고, 직장 생활도 의미 깊었고, 결혼 생활도 나 자신을 더욱 발전시켜주었으며, 아기는 내 인생에 가장 큰 축복 중에 하나이다. 그러니 의미 없는 조언 때문에 스트레스 받지 말자.

108 스타트업의 불편한 진실

가히 스타트업 전성시대이다. 30대 온라인 황태자 주커버그는 전 세계를 돌아다니며 모든 대통령을 만나고 모든 나라의 수장들은 이 청년을 만나는 것을 중세 시대 때 교황을 알현하는 것처럼 좋아한다. 중국은 '마윈교'라는 새로운 종교가 생겼다. 그 영향은 한국에서도 무시 못 할 정도이다. 그의 한 마디 한 마디는 어록이 된다. 이렇게 스타트업으로 시작해 조만장자가 된 사람들이 나오면서 너도 나도 스타트업 창업으로 뛰어들고 있다. 미국에서는 똑똑한 친구들은 다 창업을 한다면서 그냥 회사에 가는 친구들은 졸지에 다 무능한 사람이 되었다. VC(벤처 투자가)들은 더 이상 단순한 투자가 아니다. 청년들의 멘토이고 세상의 선을 구현하는 정의의 사도들이다.

그런데 불편하다. 나만 그런 것일까? 뭔가 불편하다. 사실 대박의 꿈은 어제 오늘의 일이 아니다. 스타트업으로 조만장자가 나왔으니 모두가 꿈을 좇아 뛰어들어야 되고, 그렇지 못한 자는 용기 없는 사람으로 낙인찍히는 프레임이 나는 썩 달갑지 않다. 사실 스타트업 시스템은 오히려 미국보다 더 치열하게 우리나라에 정착되어 있었다. 바로 연예인 기획사들이다. 인생의 부와 명예를 한 번에 잡기 위해 수많은 어린 친구들이 아이돌이 되기를 꿈꾼다. 매년 천 개의 아이돌 팀이 나온다고 하고 거기서 빛을 보는 것은 불과 10팀도 안 된다고 한다. 정확히 스타트업하고 똑같지 않나?

꿈을 향해 달려가는 것은 좋은 일이다. 당장 나만 해도 멀쩡한 직장을 관두고 나와 이렇게 글을 쓰고 있다. 물론 글을 쓰는 새벽 3:35에도 행복하다. 하지만 내 아내와 아기를 생각하면 늘 마음 한편에 불안감과 걱정이 나를 따라다닌다. 그게 현실이다. 누군가 꿈을 향해 목숨 걸라고 독려하면 누군가는 소중한 목숨이니 신중하게 생각보라고 조언해주는 사람도 있어야 한다. 하지만 지금의 시류는 창업 안 하면 능력도 용기도 없는 루저(패배자)라는 프레임이 조금씩 커지고 있는 느낌이다. 나는 퇴사하면서도 동료 직원 특히 어린 친구들에게 절대 함부로 사표 쓰면 안 된다고 신신당부를 했다. 그게 현실이기 때문이다. 어떻게 보면 열정페이보다 더 나쁜 게 뒤에서 열정창업을 부추기는 것일지도 모르겠다. 결국 그 창업에 대해 책임지지 않을 사람들이 또 창업 덕분에 이득을 얻는 사람들이 이런 분위기를 뒤에서 전반적으로 조장하고 있다.

또 다른 스타트업의 불편한 진실은 반(反)대기업의 기업의 정서를 등에 업고 있기 때문에 그들에게 아무도 건설적인 비판을 하지 않는다는 것이다. 튼튼한 스타트업 생태계를 갖추고 싶다면 옳은 비판은 겸허히 수용하는 문화가 조성되어야 한다. 하지만 스타트업을 비판하는 뉴스는 현재 한국에서는 사실상 거의 없다고 해도 무방하다. 그들은 구세주이고 일자리를 만들 것이기 때문에 그들의 행보는 무조건 옳은 것이다. 사실 이 일자리 창출의 신화에 대해서도 생각해봐야 한다. 스타트업의 가장 기본 타깃 중에 하나는 비효율의 개선이다. 물론 비효율적인 부분이 개선되면 사회적으로는 좋은 일이다. 하지만 비효율의 의미에는 고용이라는 뜻도 안타깝지만 숨어 있다. 결국 여러 사람이 할 일을 좋은 프로그램이 나와 대체해 버리면 몇 명의 사람은 그 스타트업으로 인해 직장을 얻었겠지만 반대로 수십수백 명이 효율 개선이라는 명분하에 직장이 사라질 수도 있는 것이다. 이런 예는 너무 많아서 사실 하나하나 열거하기도 힘들다. 특히 IT와 거리가 먼 중장년층의 소외는 점점 가속화될 것이다. 스타트업이 과연 우리 세상을 진짜로 구원할지는 두고 볼 일이다.

앞에서 스타트업을 가열차게 비판했음에도 불구하고 스타트업은 더 필요하다. 언제나 다양성은 건강함의 상징이다. 하지만 대한민국은 너무 모든 것이 지나칠 정도로 대기업 위주로 획일화되어 있다. 어떤 경제적 독감에 대기업 하나가 나가떨어지면 그 후폭풍은 감당이 안 될 만큼 무서울 것이다. 사실 많은 대기업들이 이미 성장동력을 서서히 잃고 있다. 지구상에서 가장 강력한 생명체였던 공룡이 멸종한 것처럼 대기업도 한순간에 역사 속으로 사라질 수도 있는 것이다. 하지만 우리는 최악의 시나리오에 대한 대비가 전혀 안 되어 있다. 사실 유일한 대안은 새로운 기업이 나와줘야 되는 것이고 스타트업이 바로 가장 좋은 해결책 중에 하나다. 지금의 대기업이 처음부터 대기업 아니었듯이 작은 스타트업들도 언젠가는 한국의 또 다른 대기업이 될 것이다. 지금의 대기업처럼 국민의 사랑이 아닌 지탄을 받는 기업이 되기 싫다면, 지금부터 모든 면에서 건설적인 비판은 수용하여 더 단단한 기반을 다지면서 나아가야 될 것이다. 좋은 기업문화를 선도하는 많은 스타트업들이 잘되기를 진심으로 바란다. 그래서 한국에 더 많은 좋은 일자리가 생기기를 소망한다.

109 소화전

비난은 소화전과 너무나도 닮았다.

1. 내가 원하면 언제든지 쓸(할) 수 있다. 하지만 사용했다는 사실은 이미 돌이킬 수 없는 상황이 발생했다는 것이다.
2. 소화전의 수압은 일반 수도보다 훨씬 강하다. 잘못 사용하면 화마를 잠재우는 것보다 수압 때문에 생기는 물리적 파괴에 대한 손해가 더 크게 발생할 수도 있다. 그래서 작은 화재는 소화전을 이용하지 않는다.
3. 비난도 마찬가지이다. 비난을 쏟아내고 나면 순간 나의 분노는 잠재워도 자칫 잘못하면 관계가 영원히 파괴될 수도 있다. 그래서 작은 문제는 비난하면 안 된다.
4. 양쪽 모든 경우에서 가장 좋은 경우는 불조심을 해서 소화전을 안 쓰고, 사전에 미리미리 오해를 풀고 조금씩 서로에게 양보해서 비난이 나올 상황을 만들지 않는 것이다.
5. 최악의 경우는 어쩔 수 없이 해(써)야 된다. 정말 스트레스 받아서 고혈압으로 죽는 것보다는 비난하는 게 낫다. 또 이렇게 터뜨리면 문제가 해결되는 경우도 아주아주 가끔은 있기도 하다.
6. 비난 후 사후 처리는 화재 뒷수습처럼 만만치 않다는 것을 절대 잊지 마라.
7. 그러니 누군가를 비난하고 싶으면 소화전 앞에서 시원하게 욕 한 번 하고 말자.

110 석사와 박사

OECD에서 발표한 보고서를 살펴보면 전 세계적으로 더 많은 사람들이 석사 혹은 박사 학위를 취득하려는 경향을 알 수 있다. 물론 한국도 예외는 아니다. 더 많은 사람들이 더 깊게 공부하고 싶다는 분위기는 환영받아야 한다. 하지만 그 의도와 걸맞게 사람들은 자신이 가려는 길에 대하여 과연 깊게 생각해봤을까? 과연 한국에서 석사/박사 과정에 있거나 관심 있는 친구들 중에 과연 석사와 박사의 뜻을 물어보면 대답할 수 있는 친구가 몇 명이나 될까?(개인적으로 강연에서 300명 친구들에게 물었을 때는 한 명도 없었다.)

나 또한 공학박사 학위를 받았고 많은 분들이 나를 신영준 박사라고 부른다. 그렇지만 나도 박사라는 단어에 뜻에 대하여 제대로 그 뜻을 생각해보고 나름의 방식으로 깨달은 것은 얼마 전 일이다. 과연 석사/박사는 무슨 뜻인가? 우선 석사를 살펴보면 석사의 '석(碩)'자의 뜻은 '크다'이다. 크게 공부하는 학생이라는 뜻이다. 삼성 재직 시절 기준으로 보면 석사를 받은 학생들은 3년차 사원으로 입사를 한다. 삼성에서 3년차 사원의 능력을 보면 탁월하다. 정말로 업무 처리를 잘하는 친구들이 많다. 2년 동안 회사에서 열심히 일해서 내공이 축적되면 개인의 수준은 상당한 경지까지 오른다. 그 말인즉슨 석사를 마치고 입사를 했으면 디테일한 회사 경험은 부족해도, 이론적인 전공 부분과 인접 학문 분야에 대한 질문을 받으면 대답이 척척 나와야 한다는 것이다. 이 정도의 수준이 회사에서 석사 학력에게 기대하는 수준이다. 하지만 내가 대부분의 석사 출신 신입사원과 인터뷰를 해보면 자기 전공분야가 아니라서 잘 모르겠다라는 대답을 정말 많이 들었다. 심지어 전공을 잘 모르는 친구들도 많았다. 전형적으로 실험실에서 스위치만 '껐다/켰다' 한 친구들이다. 그들은 석사의 의미에 충분히 부합하게 공부하지 못한 것이다. 영어로 석사는 'Master Degree'다. Master의 사전적 정의는 '무엇인가를 완벽히 이해한다'는 것이다. 예를 들어 한 분야를 완벽히 이해하면 인접 분야는 자연스레 어느 정도 수준까지는 이해해야 한다. 야구로 비유하면 유격수를 잘하는 수비수는 2루수로 투입이 되어도 어느 정도는 소화해야 된다는 이야기이다. 그렇다. 석사를 마치면 학부생처럼 '모르겠다'는 변명이 통하지 않는 것이다. 그러니 석사에 재학 중이거나 석사에 관심 있는 친구들은 꼭 '크게' 공부하기를 바란다.

그럼 박사의 뜻은 무엇일까? 박사의 '박(博)'자의 뜻은 '넓다'이다. 그럼 '크게' 공부하는 석사랑 어떤 차이가 있단 말인가? 오묘하게도 '박(博)' 자에 또 다른 뜻에는 '깊다 '라는 말도 있다. 석사와 마찬가지로 박사의 뜻을 제대로 이해하기 위해 영어의 뜻 먼저 살펴보자. 영어로 박사는 'PhD'이다. Doctor of Philosophy의 줄임말이다. 박사는 곧 철학자임을 의미한다. 철학의 심오

한 뜻을 아주 간략하게 말하면 '탐구정신'이라고 말할 수 있다. 박사는 곧 탐구를 하는 사람인 것이다. 그런 의미에서 '넓게 그리고 깊게' 공부하는 것은 박사의 본연의 임무를 아주 탁월하게 설명해주고 있다. 먼저 깊게 공부하는 것은 직관적으로도 이해가 쉽다. 새로운 영역을 제대로 탐구하기 위해서는 아주 깊게 파고들어야 한다는 의미이다. 그렇다면 넓게는 무엇을 의미하는가? 박사는 탐구한 결과를 통해 자신만의 학문의 금자탑을 쌓아야 한다. 탑을 높게 쌓으려면 어떻게 해야 하는가? 주춧돌을 넓게 깔아야 한다. 쉬운 예로 피라미들의 1층을 10×10으로 만들면 10층짜리 피라미드를 쌓는 것이고, 9×9로 쌓으면 9층짜리 탑을 쌓을 수 있는 것이다. 자신만의 연구 결과를 학문의 금자탑으로 높게(여기서 높게는 '깊게'라는 말과 일맥상통한다.) 쌓고 싶다면 넓게 공부해야 한다는 것이다.

이름은 우리 인생의 추상화이다. 그만큼 본질이 축약되어서 담겨 있다는 것이다. 우리는 많은 것들의 본질을 너무 당연하게 생각하여 정확한 뜻도 사실 모르면서 잘 알고 있다고 착각하는 경우가 너무 많다. 일상생활에서도 자주 언급하면서 그 의미를 잘 몰랐던 석사/박사의 뜻을 천천히 살펴보면서 대학원 과정에서 우리가 어떤 자세로 공부에 임해야 되는지 조금은 더 알게 되었다. 사실 내가 뜻에 부합하게 공부하지 못한 것 같아 많이 부끄럽다. 지금부터라도 더 제대로 공부를 해야 될 것 같다.

111 버터 플라이 이펙트

정말로 뉴욕에서 나비가 날갯짓을 한 번 하면, 상하이에 태풍이 불 수 있을까? 내 경험에 의하면 정말 그렇다. 지금부터 내가 발견한 개인적 버터플라이 이펙트를 이야기하려고 한다.

나는 학부를 마치고 미국 대학원을 지원했다. 교환학생 시절 1저자 논문 하나와 2저자 논문을 쓰고, 추천서를 미국 교수님들께 받아서 부족한 실력임에도 불구하고 많은 대학교에 합격을 했다. 그래서 메릴랜드 주립 대학교와 캘리포니아 주립 대학교 전자과 진학을 앞두고 고민을 했다. 학부 때 연구를 이어가고 싶어서 전자소자 관련 연구실 교수님들에게 모두 이메일을 보냈다. 미국에서는 학비와 생활비가 너무 비싸서 연구장학생이 되는 것이 중요했고 그러려면 사전 연락은 필수였다. 그중에 한 분이 메릴랜드 대학교에 벵키 벵카타산 교수이다. 벵카타산 교수는 물리학 분야 인용지수 랭킹이 60위이신 산화물 연구의 권위자이다. 초전도체나 산화물, PLD로 연구하시는 분들이면 전 세계에서 누구나 다 알 만큼 유명한 분이다.(하지만 나는 당시에 누군지도 모르고 연락을 했다.) 연락을 하고 보니 벵카타산 교수는 싱가포르 국립대에서 새롭게 만든 나노코어라는 센터에 이미 센터장으로 스카우트되어서 포지션을 옮긴 상황이었다. 그런데 홈페이지도 관리자가 아직 프로필을 삭제하지 않았었고 벵카타산 교수의 매릴랜드 대학교 이메일을 계정은 살아 있었다.

그렇다. 홈페이지 관리자의 늦은 업데이트가 내 인생을 송두리째 바꾼 것이다.

본 적도 없는 미국 사람이 내 인생을 이렇게 바꿀 것이라고 상상도 못 했다. 그렇게 벵카타산 교수는 내 레주메를 센터의 같은 소속인 내 지도교수에게 전달하였고, 지도 교수님은 나를 영입(?)하기 위해 열과 성의를 다하셨다. 나는 결국 교수님이 제시한 Chindia의 중심에서 연구라는 철학에 설득 당해 기존의 미국 대학으로 진학할 생각을 선회하여 싱가포르국립대로 유학을 가게 되었다. 나의 선택은 옳았다. 결과적으로 나는 문화적으로 좋은 경험과 학문적으로 좋은 연구를 하였고, 지금 이렇게 원하는 인생을 살고 있다. 이제는 메릴랜드 대학교 전자과 홈페이지에 가면 벵카타산 교수는 없다. 생각해보면 너무 궁금하다. 과연 그때 홈페이지 관리자가 일찍 프로필을 삭제했더라면 내 인생은 어떻게 바뀌었을까?

여기가 이야기의 끝이 아니다. 버터플라이 이펙트는 줄줄이 계속된다. 나 때문에 하이닉스를 다니던 대학교 선배도 우리 학교에서 박사를 하고 싱가포르에 만난 한국인 친구랑 결혼을 해서 지금 싱가포르에서 잘 살고 있다. 나의 누나는 싱가포리언 매형을 만나서 지금 영주권을 받고 싱가포르에서 자신의 전공(미술)과는 전혀 상관없는 자동차 딜러를 하면서 살고 있다. 과연 그 홈페이지 관리자가 조금만 일찍 업데이트를 했더라면 그들의 삶은 또한 어떻게 바뀌었을까? 사실 인생 바뀐 사람이 너무 많아서 일일이 열거하기도 힘들다. 우리 삶은 이렇게 생각보다 훨씬 복잡하게 유기적으로 연결되어 있다. 내가 하는 사소한 행동이 타인의 인생을 어떻게 송두리째 바꿀지도 모른다. 내가 만든 제품이 내가 만든 음식이 누군가에게 힘을 줘서 그 사람이 나라를 구할 수도 있는 것이고, 내가 한 욕설이 일파만파 부정적으로 증폭되어 세상에 악영향을 미칠 수도 있는 것이다. 우리 인생에서 나비효과는 언제 어떻게 어떤 방향으로 일어날지 모르는 것이다.

나는 분명 많이 부족한 사람이다. 그렇기 때문에 죽도록 노력해야 하는 숙명을 받아들였다. 그리고 부족하기 때문에 늘 위기가 찾아왔다. 그래서 위기를 기회로 보지 않으면 살아남을 수도 없었다. 말이 참 멋있어 보이지 않는가? 말뿐이다. 현실은 두통약을 몇 박스를 먹었는지 모를 정도로 늘 머리에 과부하가 걸렸고, 순간순간 포기하지 못해 겨우 살아남는 힘든 인생이었다. 몇 번을 포기하고 싶고, 몇 번을 속으로 몰래 울었는지 모른다.(실제로도 몰래 많이 울었다.) 물론 지금도 그렇다. 그런 부족한 사람이지만 내 경험이 누군가에게 긍정의 버터플라이 이펙트가 될 수 있다는 믿음이 있기에 누가 뭐라고 해도 책을 쓰고 강연을 한다. 더 많은 사람을 만나 들어주고 격려해주고 응원해주다 보면 분명히 나의 작은 날갯짓이 누군가에게 큰 도움이 될 것이라고 굳게 믿고 있다. 또 나와 함께 동기 부여되고 성장한 분들이 긍정의 날갯짓을 연속적으로 만들어낼 것이라고 확신한다. 그래서 오늘도 작은 날개지만 퍼덕인다. 긍정과 희망의 태풍이 일어나기를 바라면서……

112 프로의 자세

프로의 가장 중요한 덕목은 화려함이 아닌 꾸준함이다. 꾸준함을 유지하기 위해서는 100% 노력으로는 어림도 없다. 결과에 반영되지 않는 리스크 매니지먼트가 필요하다. 호날두의 승모근이 왜 그렇게 두껍다고 생각하는가? 대포알(?) 헤딩슛을 하려고? 아니다. 넘어졌을 때 부상을 방지하기 위해서이다. 꾸준함을 유지하기 위해 보이지 않는 120%의 노력을 해야 하는 것이 프로의 기본이다. 그렇게 해서 프로들은 성공을 절대 좇지 않는다. 다만 묵묵히 기다릴 뿐이다.

113 SNR(Signal to Noise Ratio)

한번 상상해 보자!

한적한 일요일 아침이다. 오래간만에 여유롭게 늦잠을 한숨 푹 자고 싶다. 그런데 갑자기 옆집에서 개가 짖기 시작한다. '개' 무시하고 꿀잠을 청해보는데 계속 개가 짖는다. 아 정말 짜증난다. 저 개만 없으면 완벽한 일요일 아침인데 개 짖는 소리 때문에 미쳐 버릴 것 같다. 그런데 아차…… 오늘이…… 일요일이 아닌 월요일 아침이었다…….

완전 망했다. 미쳤었나 보다. 빨리 대충 씻고, 옷을 챙겨 입는다. 김 부장의 속사포 질타를 들을 생각하니 끔찍하다. 그런데 옆집 개는? 아까 그렇게 짖던 개소리는 비상상황에서는 안중에도 없다. 옆집 개 짖는 소리보다 김 부장 짖는(?) 소리가 머릿속을 가득 채웠기 때문이다.

우리 삶에서 노이즈를 완벽히 제거하는 것은 불가능하다. **좋은 시스템이란 노이즈가 없는 것이 아니라 잡음 대비 메인 신호가 훨씬 큰 시스템을 말한다.** 결국은 SNR(Signal to Noise Ra-

tio), 잡음 대비 신호 비율을 올리는 것이 중요한 것이다. 우리는 살면서 본질은 외면한 채 비본질적인 잡음만 너무 없애려고 노력하는 것은 아닌지 모르겠다. 좋은 인생은 시시콜콜한 문제를 없애려고 노력하는 것이 아니라 인생의 궁극적인 목표를 더 명확히 인지하는 것이다. 그깟 인생의 작은 시련들을 아주 선명한 내 꿈 속 안에 묻어 버리자. 그렇게 행복한 인생을 위해 우리 삶의 SNR을 높이도록 하자.

114 ‘네고(협상)’란 무엇인가?

회사에서 똘아이 차장/부장 때문에 열받는다. 정말로 ‘No답’인 사람들인 것 같다. 그러면 어떻게 해야 되나? 실력이 넘치면 미국같이 취업의 기회가 많은 나라에서는 쿨하게 사표 쓰고 새롭게 취업하면 되겠지만, 우리같이 취업모빌리티가 낮은 나라는 열받는다고 다짜고짜 사표 쓰기에는 리스크가 너무 크다. 기회가 잘 없는 대타라고 생각하고 일단 일구일구 신중히 대처해야 한다. 그러면 불합리를 계속 보기만 하고 참기만 해야 되는가? 아니다. 타이밍을 잡고 ‘네고(협상)’를 해야 한다.

먼저 ‘네고’는 무엇인가? 네고의 최종 목적은 서로 만족하는 ‘합의(agreement)’를 도출해내는 것이다. 합의가 된 부문은 아주 당연한 삶의 일부분이 되는 것이다. 점심시간에 당연히 밥 먹으러 가는 것처럼 합의가 난 부분에 대해서는 서로 간섭하지 않는 것이다. 그렇다면 합의는 어떻게 만들어내는 것인가? 지금부터 인생을 풍요롭고 윤택하게 만드는 네고의 세계로 함께 들어가보자.

(0) 네고의 준비: 본인 수준 파악 및 상황 파악

협상뿐만 아니라 언제나 모든 일의 시작은 자신의 실력 파악으로 절대적 기준을 세우고, 상황 파악을 통해 상대적 기준을 확립하는 것이다. 그래야 어느 만큼을 내가 얻고 다시 내어주어야 하는지 합리적으로 판단할 수 있다. 농산물 시장에 배추를 팔러 가는 농부가 자신의 배추 상태랑 시세도 모르고 제대로 된 값을 받을 수 있겠는가? 회사로 따지면 내가 진짜 일을 잘하고 있는 것인지 그리고 상사의 처우가 진짜 객관적으로 잘못된 것인지 주변에 의견을 구하고 또 철저한 자발적 성찰을 통해 확실히 상황 파악이 되어야 네고가 시작될 수 있다.

(1) 네고의 핵심: 실력

어떤 간부 혹은 임원도 '에이스'가 자신을 떠나는 일을 원하지 않는다. 그들이 전쟁터(회사)에서 정치를 하더라도 총알(업무)을 지원하는 일꾼은 그들에게 'must-have' 아이템이기 때문이다. 여기서 내가 총알이나 수류탄을 만드는 실력이 없는데 네고하는 것은 흔한 카드 게임 용어로 '뻥카'를 치는 것이다. 한두 번은 먹힐 수도 있지만 잘못하면 패가망신이다. 최악의 경우 본전도 못 찾고 하위 고과만 계속 깔아주는 낭패를 볼 수도 있다. 그러니 제대로 된 네고를 하고 싶다면 누구나 원하는 '메시'급 실력을 키우자. 생각보다 실력도 없으면서 주야장천 불평만 하는 주니어가 부지기수이다. 그런 주니어들이 시간이 지나면 결국 나쁜 상사가 된다는 것도 잊지 말자.

(2) 네고의 전략: 플랜 B

앞에서 실력이 있어야 한다고 했는데, 그럼 실력은 무엇으로 입증된다는 말인가? 바로 플랜 B다.(사실 모두 플랜 B가 없고 만들 생각도 없다.) 회사들은 언제나 인재가 없다고 아우성이다. 내가 회사를 다닐 때도 20% 정도만 일을 잘하고 나머지 80%는 누가 와도 그 정도는 할 수 있을 것 같았다. 실력에 자신이 있으면 타부서 전출이나 이직을 알아보자. 여기서 플랜 B가 생기지 않으면 둘 중에 하나이다. 실력이 없거나 업계 상황이 좋지 않은 것이다. 네고의 준비에서 언급한 것처럼 상황 파악을 미리 잘 해놓아야 한다. 경기가 안 좋을 때는 당연히 네고의 기준도 내려가야 한다. 플랜 B를 못 만들면 둘 중에 하나를 선택해야 한다. 네고를 보류하거나 인생을 걸어야 된다. 이렇게 플랜 B가 완성되면 네고는 드디어 시작된다.

(3) 네고의 비밀: 관점

네고는 서로가 어떤 합의점을 도출하는 행위이다. 그럼에도 흔히들 저지르는 실수가 철저히 자신의 입장에서 일을 진행하는 것이다. 그러면 백전백패다. 핵심은 상대방의 관점으로 합의를 해야 결국 결론이 도출이 된다는 것이다. 상대방의 관점에서 말하라고 하면 쉽게 착각하는 것이 내 이익을 포기하는 것이라 생각하는데 그것도 절대 아니다. 이 협상이 얼마나 상대방에게 이익이 되는지를 강조해야 하는 것이다. 예를 들면 이렇다. "저는 이 업무는 제 업무가 아니라서 못 하겠습니다."보다 "저는 이 업무를 하면 제 주업무를 제대로 할 수가 없습니다. 그러면 결국 부장님께서 추진하시는 이 프로젝트를 완벽하게 수행하지 못할까 봐 걱정이 됩니다. 집중해서 제 업무를 꼭 제대로 마무리 짓게 해주세요."라고 말하라는 것이다. 결과적으로 똑같은 것 같아도 후자가 협상 타결될 확률이 몇 배 높다. 네고를 성공시키고 싶다면 모든 대화를 철저하게 상대방이 '주어'가 되게 해서 말해야 한다. 잊지 마라. 상대방은 나보다 높은 위치에 있다. 그의 관점은 나와 전혀 다르니 완전히 그 사람 시각에서 얘기하라. 그럼 시각차는 작아질 것이고 넘어야 할 장벽(barrier)도 확연히 낮아진다.

(4) 네고의 마무리

네고 후 마무리는 네고만큼 중요하다. 협상이 성공하면 플랜 B가 공중에 뜨게 되고, 실패하면 기존의 상사와 관계가 끝이 난다. 그럴 때 절대 그냥 끝내면 안 된다. '아름답게' 마무리해야 된다. 양쪽 모두에게 적용할 수 있는데 내가 싫어서 떠나거나 혹은 못 가는 것이 절대 아니라 남아 있거나 혹은 이직하게 되면 누를 끼칠 것 같아서 하는 어쩔 수 없는 선택임을 확실히 보여줘야 된다. 그래서 악감정이 아니라 오히려 미안함 혹은 아쉬움의 감정으로 마무리해야 된다. 세상은 좁다. 돌고 돌아 언제 다시 만날지 모른다. 프로의 세계에서 마무리는 시작보다 더 중요하다.

많은 분들이 네고에 대해서 진지하게 고민해서 더 인정받기를 진심으로 바란다.

115 인생 요령 Ⅶ

1. 실패 걱정을 할 생각이면 도전할 생각을 하지도 마라.
   (실패는 도전의 필연적인 일부분이다.)

2. 늘 피곤하면 조금 일찍 자면 된다.
   (자기 전에 스마트폰 제발 가지고 놀지 말고.)

3. 쉬운 일도 못하면서, 어려운 일 잘하려고 하면 안 된다.
   (기본과 디테일부터 충실하자.)

4. 운을 실력으로 착각하면 다음 차례는 폭망(폭삭 망함)이다.
   (운칠기삼: 성공에서 내가 한 것은 30%밖에 안 된다.)

5. 화려함의 씨앗은 꾸준함이다.
   (최고의 선수들이 화려해 보이는 이유는
   자주 기회를 얻기 때문임을 잊지 말자.)

116 한계를 뚫자!

Drill [drɪl]: 1. 구멍을 뚫다, 2. 반복 연습[훈련]시키다

We must "drill" ourselves hard to "drill" our limitations.

(우리는 자신의 한계를 돌파하고 싶다면 반드시 우리 자신을 강하게 훈련시켜야 한다.)

그렇다. 통(痛)해야 통(通)한다. 그게 순리다.

117 1%

우리는 어제보다 딱 1%를 더 열심히 살 수 있을까? 1%의 노력은 과연 실질적으로 어느 정도를 의미할까? 사실 1%는 눈에 보이지 않는다. 똑같은 행동에 긍정적인 태도가 가미되었을 때 우리는 1%의 노력을 더 했다고 말할 수 있는 것 같다. 많은 인생의 선배들은 긍정의 중요성을 강조한다. 너무 긍정 긍정하니깐 사실 한편으로는 피곤하기도 하다. 그래서인지 긍정의 역설을 강조하는 책도 종종 출판이 되고는 한다. 긍정을 강조하는 자와 부정하는 자. 이들 의견의 간극은 왜 발생하는 것일까?

사실 긍정도 조금은 깊게 들여다볼 필요가 있다. 엄밀히 말하면 긍정에도 두 가지 종류가 있다. 의식적 긍정과 무의식적 긍정이다. 의식적 긍정은 역경이나 고난이 왔을 때 나의 기운을 총동원하여 온갖 나쁜 감정을 틀어막는 것이다. 사실 이게 꾸준히 되기는 불가능하다. 한두 번은 가능하지만 이런 의식적 긍정이 계속되는 상황이 지속되면 정신적 피로가 누적되어 어느 순간 무너지게 된다. 그래서 무조건적인 의식적 긍정이 가능하다고 주장하는 사람은 사실 거짓말쟁이다. **사실 우리가 필요한 것은 무의식적인 긍정**이다. 이것이 바로 매일매일을 1% 더 열심히 사는 것이다. 무의식적 긍정은 소모적이지 않다. 사람들에게 먼저 인사 한 번 더하고 식당 아주머니나 청소부 아저씨를 그냥 지나치지 않고 감사하다고 표현하는 것이다. 이런 무의식적 긍정이 습관이 되면 인생에 어느 순간 크게 도움이 되는 순간들이 있다. 그것을 경험한 인생의 선배들은 그래서 격하게 침 튀기면서 긍정적인 태도를 강조하는 것이다.

1%의 추가적인 노력을 평생 매일 해도 백만장자가 되는 것은 보장하지 못한다. 하지만 더 행복해지는 것은 확실하다. 여기서 1%의 노력이 스며든 평범하지만 행복한 나의 이야기를 해보려고 한다. 나는 인사를 열심히 하는 편이다. 형식적으로 건네지 않고 마음을 전하려고 노력한다. 삼성디스플레이 재직 시절 판교에서 아산을 가기 위해 매일 왕복 3시간 통근버스를 타야 했다. 늘 내가 잠들어도 또 책을 읽어도 나를 안전하게 출퇴근 시켜주시는 기사님들에게는 특히 더 고맙게 인사를 했다. 그래서 제법 친해진 기사님들도 있었다. 판교로 갈 수 있는 마지막 버스는 10시 반에 있었다. 새벽 6시에 버스를 타서 막차인 밤 10시 반 버스를 타면 언제나 녹초가 되었다. 마지막 퇴근 버스는 집 앞에서 내려주지 않아서 어쩔 수 없이 정자역에 내려서 또 택시를 타고 집에 가야 했다. 아주 추웠던 어느 겨울날 10시 반 버스를 탔다. 답 안 나오는 상사랑 하루 종일 싸워서 그런지 심신이 지쳐서 그날은 더욱 춥게 느껴졌다. 퇴근 버스에서 푹 자고 정자역에 내리려고 보니 나밖에 없었다. 내릴 준비를 하려는 나에게 기사님이 판교 낙생 육교 근처에 살지 않느

냐고 물었다. 그렇다고 하니 본인이 퇴근하는 길이니 버스로 집 앞까지 태워다 주겠다는 것이었다. 내가 정말 감사드리지만 괜찮다고 했다. 하지만 기사님도 어차피 4단지 살아서 조금만 돌아가면 된다고 데려다 주겠다고 하셨다. 정말 감사하게도 나는 회사 버스를 10분간 전세로 타고 귀가했다. 아무리 근처에 살아서 데려다 주셨다지만 그래도 본인의 퇴근도 늦었고 힘드셨을 텐데 나를 배려해주신 게 고마웠고, 내가 낙생 육교 근처에 살고 있는 걸 알고 계신 게 놀랍고 눈물 나도록 감동이었다. 아마도 내가 그 백 명이 넘는 출퇴근 인원 중(분당은 출근 노선이 3개였다.) 진심을 담아 매일 인사하니 그분도 그게 고마우셔서 나를 기억하신 게 아닐까 생각한다.

1%! 인사 한 번 진심으로 하는 것이 힘들까? 힘들다고 말하는 사람이 있을 것이다. 사실 힘든 것이 아니다. 어색한 것이다. 몇 번은 어색하겠지만 반복은 익숙함을 선사한다. 그러니 꾹 참고 몇 번만 해보자. 어릴 적 열탕에 들어가는 아버지를 보면서 저 뜨거운 곳에 왜 들어가나 했지만, 나도 모르게 익숙해지면 그 뜨거움이 어느 순간 시원함으로 바뀌지 않았던가? 매일을 101%로 365일 살면 누적 결과는 대략 37배가 되고, 1%가 별 것 아니라고 생각해 흘려보내 매일을 99%의 태도로 365일을 살면 그 최종 결과는 0.27배가 된다. 작은 태도의 차이가 100배의 차이를 만드는 것이다. 그러니 매일매일 1%만 더 즐겁게 노력하는 습관을 만들자.

118 초심

초심으로 돌아가야 된다고 한다.
안타깝게 돌아갈 초심이 없다.
애초에 결심이 없었던 것이다.

초심인 줄 알고 돌아왔다.
그런데 알고 보니 허영심이었다.
오해였던 것이다.

명심은 초심을 마음에 잡아 둔다.
평정심은 초심을 지킨다.
또 초심만큼 중요한 게 '끝심'이다.

119 IT 세상의 그늘

『디지털 치매』, 『생각하지 않는 사람들』을 읽고 IT 세상과 디지털 기기 사용의 어두운 면과 숨겨진 부작용에 대해서 이해하게 되었다.(정말 탁월한 책들이다. 본인보다는 미래의 자식들을 위해 꼭 읽어보기를 강력하게 추천한다.) 다양한 실험 결과를 근거로 인터넷과 게임 등이 우리가 깊게 사고하는 능력을 얼마나 방해하고 퇴화시키는지 잘 설명해주고 있다. 특히 디지털 학습 프로그램이 선전되는 것과 달리 학생들에게 사실 긍정적인 효과가 없고, 심지어 방해가 될 수 있다는 사실은 우리 모두가 아이들의 미래를 위해 진지하게 함께 고민해봐야 될 부분이다. 흥미롭게 이 책들을 읽고 현재 우리나라가 직면한 사회적 문제들이 새로운 관점으로 보였다. 요즘 가장 큰 화두인 세대 간의 대립, 아이들의 수학 포기 현상 그리고 다가올 우리나라 사회의 모습을 정보 통신기기 사용 폐해의 관점에서 함께 들여다보자.

우리나라의 자칭 닉네임(별명)은 정보 통신 강국이다.(나는 동의하지 않는다. '정보 통신기기 사용 중독국'이라는 말이 더 적합하다고 생각한다.) 그래서 세계 어느 나라보다 고품질 인터넷도 광속으로 빠르게 보급되었고, 스마트폰의 보급률과 확산속도도 압도적이었다. 아무도 예상 못 했지만 빠른 IT 기기 보급이 세대 간의 갈등을 초래하는 가장 큰 요인이 되었다. 다른 환경은 완전히 다른 뇌 구조를 만든다. 특히 강한 자극이 반복적으로 들어오면 뇌는 더 강하고 빠르게 그 자극에 적응하여 새롭게 프로그래밍 된다. 밥만 먹고 스마트폰과 컴퓨터를 들여다보는 디지털 네이티브의 뇌 구조는 기성세대와는 전혀 다를 수밖에 없다.(심지어 니체도 타자기로 글을 쓴 다음부터 사고방식의 영향을 받았다고 하는데 인터넷과 컴퓨터는 오죽할까?) 남자와 여자가 같은 인간이지만 전혀 다른 사고방식을 하듯이 IT 기기에 적응한 세대와 그렇지 못한 세대는 남자와 여자 이상의 전혀 다른 종족인 것이다. 그렇기 때문에 지금 대한민국은 단순히 나이 많은 세대와 젊은 세대의 프레임이 아니라 IT 기기에 적응된 세대와 그러지 못한 세대라는 전혀 다른 뇌를 가지고 있는 두 부류가 갈등을 겪고 있는 것이다.

개인적으로 요즘 언론을 보면서 수포자(수학 포기자)의 갑작스러운 양산도 이상하다고 생각했다. 분명히 학습 방법도 선생님들의 수준도 더 올라갔을 텐데 왜 이렇게 수포자가 이슈가 되는 것이 너무 궁금했었다. 이것도 교육이 아니라 IT 기기 사용 부작용 관점에서 보면 생각보다 쉽게 설명이 된다. 소위 말하는 디지털 네이티브의 뇌는 얕고 넓은 멀티태스킹에 강하게 적응되었다. 반면에 깊은 사고를 할 수 있는 뇌의 능력은 많이 감소되었다. 그래서 깊은 사고를 요구하는 수학은 당연히 요즘 친구들에게 어려울 수밖에 없다. 따지고 보면 수학을 못하게 된 것도 단순히 그들의 잘못이 아니다. 그들이 나약한 것도 아니다. 기술 발전의 특혜를 누린 것만큼 그 피해도 함께 입은 것이다. 어떻게 보면 너무 쉽게 정보 통신 기기에 접근을 허용하게 한 어른들의 잘못이 크다. 그러고 보면 스티브 잡스가 본인이 만든 아이폰과 아이패드를 자식들이 사용하는 것에 왜 그토록 엄격하게 통제했는지 이제 이해가 간다.

그럼 우리의 미래는 어떻게 될 것인가? 디지털 기기로 인한 깊은 사고 능력의 퇴화는 절대적 악의 도래는 아니다. 기술과 문화의 발달로 우리의 육체적 능력이 수렵시대의 우리의 조상들보다 퇴화한 것처럼 사고력 퇴화는 정보화 기술의 발달에 따른 안타까운 시대적 흐름인 것이다. 그런 관점에서 모바일 시대의 리더는 아주 빠르게 쉽고(깊지 않은) 색다른 콘텐츠를 제공하는 사람들이 될 것이다. 그러려면 역설적으로 깊은 콘텐츠를 많이 알고 있는 사람들이 기존 정보의 재편집을 통해 더 빨리 더 많은 콘텐츠를 양산하게 될 것이다. 문화심리학자 김정운 교수가 말한 에디톨로지의 시대이다. 안타깝지만 한글로는 편집할 좋은 글들(재료)이 적기 때문에 우리는 더 좋은 콘텐츠를 생산하기가 점점 힘들어질 것이다.(실제로 요즘 상대적으로 수준이 높은 외신을 전문적으로 번역하는 미디어들의 인기가 올라가고 있다.) 또 폭발적으로 쏟아져 나오는 양질의 영어 자료를 즐기고 이용하기 위해 영어로 읽고 쓰기는 오히려 과거보다 개인의 능력을 구분 짓는 중요한 잣대가 될 것이다. 마시멜로의 유혹을 참아내고 성공한 아이들처럼 앞으로 IT 기기의 사용을 의식적으로 참을 수 있는 아이들이 상대적으로 깊은 통찰을 통해 미래 세상을 지배하는 리더가 될 것이다.

120 실수와 실패

실수는 실패가 아니다.

실수가 두려워서 아무것도 하지 않는다면 그것은 실패보다도 못하다. 실패해서 그리고 도전하지 않아서 결과를 얻지 못한 것은 같아 보여도 실패한 자는 경험을 얻는다. 그리고 그 경험은 성공의 밑거름이 된다.

실패를 해도 실패자가 되는 것도 아니다.

실패를 하고 더 이상 도전하지 않을 때 실패자로 살게 되는 것이다. 계속 도전할 수 있는 용기와 인내심만 있다면 무조건 성공할 수밖에 없다. 왜? 만약 결국 끝내 성공을 못 하더라도 내가 왜 실패했는지 정확히 이해하고 있으면 그 실패는 누군가가 성공을 가기 위한 지침서가 될 것이기 때문이다. 좋은 선생님 혹은 멘토가 될 수 있다. 그래서 충분한 실패는 성공을 보장한다.

그러니 실수와 실패 따위를 두려워하지 말고 마음껏 끝까지 도전하라.

121 가장 필요한 상상력

우리에게 가장 필요한 능력은 단언컨대 아주 생생하게 진짜처럼 머릿속에 그릴 수 있는 상상력이다. 그런 상상력을 통해 우주를 가는 꿈을 꾸는 것도, 새로운 제품을 만드는 것도 매력적인 일이지만 상상력을 통해 반드시 경험해야 할 것이 있다.

바로 '죽음'이다.

마음속에 그리는 힘을 통해 '죽음'을 진짜같이 느껴봐야 한다. 인생이 유한함을 인지해야 비로소 부질없는 일들에 대한 집착의 고리를 끊을 수 있다. 집착의 고리를 끊는 순간 당신의 상상력은 현실의 실력이 될 것이다.

122 단어의 오용

'척척박사'라는 단어를 보면 대한민국의 많은 모순들이 잘 설명된다. 현대적 의미에서 박사는 철학자라기보다는 전문가(specialist)를 의미한다. 척척박사의 '척척'과 '박사'는 사실 제너럴리스트와 스페셜리스트를 대변하는 반대되는 개념이다. 그것을 묶어서 모든 것을 잘 알아서 '척척' 대답하는 박사라고 하는 경우는 뚫리지 않는 방패와 모든 것을 다 뚫을 수 있는 창이 공존하는 상황과 같다. 즉 모순이다. 박사는 엄밀히 말해 개척되지 않은 분야와 검증되지 않은 분야를 파고들기 때문에 자신의 연구 분야에 대해서도 척척 대답하지도 못하는 경우가 허다하다. 사실 박사(나를 포함)는 일반적으로 자기 분야만 잘 알아서 편협하고 세상 물정 모르는 경향이 더 강하다.(실제로 사기도 잘 당한다!) 그리고 한 분야를 제대로 알고 싶다면 상당한 시간과 열정이 집중적으로 투입되어야 되기 때문에 좁은 시야를 갖는 것이 상당히 타당하다. 우리나라는 무슨 말도 안 되는 명예박사 학위 남발도 너무 많고, 대학교에 등록금만 대충 내면서 정규과정을 제대로 거치지 않고 사회적 권위로 박사 학위를 받는 사람이 너무 많아서 이런 문제가 생기는 것 같다. 굳이 척척박사라는 용어보다는 '지식꾼', '지식 대마왕' 등 얼마든지 박학다식한 분들을 표현할 방법은 많다. 요즘 SNS상에서만 봐도 열심히 독서를 해서 모든 분야를 깊게 아시는 '척척 지식꾼' 혹은 '척척 지식 대마왕'들이 심심치 않게 볼 수 있다. 척척박사라는 말은 "대한민국에는 전문가는 없고 사기꾼만 있다."라는 말의 또 다른 표현인 것 같다. 슬프게도 실제로 OECD 가입국 중에서 한국은 사기 범죄율이 압도적으로 높은 1위다. 이 현실을 세태를 적나라하게 반영하는 그런 단어가 '척척박사'인 것 같다. 마지막으로 제발 본인을 척척박사라고 착각하지 말고 잘 모르는 분야는 함부로 말하지 않도록 하자. 또 척척박사들의 '감'에 근거한 의견이나 '카더라' 통신 말고, 데이터에 근거한 진짜 전문가의 견해를 잘 경청하면 대한민국도 눈에 보이지 않게 낭비되는 사회적 비용을 줄이면서 금방 선진국 되지 않을까 생각해본다.

123 약속에 대한 단상

1. 약속에 늦는다는 것은 상대방이 그만큼 소중하지 않다는 것이다. 우리는 중요하다고 판단되는 혹은 정말 좋아하는 일에는 시간을 충분히 쏟는다. 해외여행 갈 때 정말로 이동시간에 딱 맞춰서 공항에 가는가? 입사 면접 때 면접장소에 정확히 시간에 맞춰서 도착하는가? 그렇지 않다. 늦으면 비행기도 놓치고, 취업할 수 있는 기회도 놓칠 수 있기 때문에 충분히 일찍 간다. 친구와의 약속에 늦으면 친구도 놓칠 수 있다는 점을 명심하자. 조금씩 마음속으로부터......

2. 세상에서 가장 멍청한 거짓말 중 하나는 약속에 늦을 때 "10분만 있으면 도착해.", "야, 미안. 5분 더 걸릴 것 같다.", "생각보다 많이 막히네. 10분 뒤에 도착 예정." 이런 식으로 절대 지키지 못할 약속을 계속 찔끔찔끔 하는 것이다. 이런 거짓말이 한 번씩 추가될 때마다 본인의 대한 신뢰감은 급속도로 추락한다는 것을 알아야 한다. 또 거짓말을 계속 듣는 상대방의 짜증 레벨은 기하급수적으로 올라간다. 그러니 이미 늦은 것 실제 예상 도착 시간보다 더 늦는다고 딱 한 번만 말해라. "야 나 30분 늦을 것 같아."라고 말하고 차라리 20분만 늦으면 10분 일찍 도착한 '착감(錯感)효과'라도 상대방이 느껴서 그나마 덜 늦어줘서 고마워할 것이다. 제발 바보 같은 거짓말은 하지 말자.

10분만 있으면 도착해.
5분 더 걸릴 듯….

124 이론과 현실

이론과 현실의 간극은 상상이상으로 크다.

물리학자가 완전 탄성 충돌 개념을 완벽히 이해하여 당구를 정말 쉽게 생각해도, 결국 현실에서는 당구 실력이 50인 것처럼……

호신술을 완벽히 익혀서 상대방을 제압할 것 같아도, 결국 현실에서는 머리끄덩이 잡는 것처럼……

정치전문가가 세상을 다 이해한 것 같아도, 막상 동아리 회장 한 학기만 시켜보면 그까짓 MT 준비하는 것도 얼마나 힘들고 귀찮은 일이 많은지 깨닫는 것처럼……

바둑 해설자가 모든 경우의 수를 아는 것 같아도, 막상 조훈현, 이창호, 이세돌이랑 붙으면 개박살 나는 것처럼……

연애의 코치들이 막상 이성의 손만 잡아도 숨도 못 쉬는 것처럼……

이천수 축구 못한다고 맨날 욕하다가 실제로 한 번 같이 축구 해보면, 발만 보다 끝나는 것처럼……

스크린골프에서는 분명히 100개 쳤는데, 막상 필드 나오면 공 100개 가지고 가도 부족한 것처럼……

대학원에서 실험할 때 선배가 장비들 버튼만 누르면 되는 것 같았는데, 막상 해보면 하나도 안 되고 심지어 고장 나는 것처럼……

그러하다. 현실과 이론의 차이는 마네킹에 걸린 옷을 내가 입었을 때만큼 크다. 그러니 너무 책상에만 머무르지 말고 때로는 현실에 부딪혀보기를 바란다.

125 세상살이

이해한 만큼만 안다고 말하고
일한 만큼만 가져가면
문제 될 것은 전혀 없다.
그릇에 맞게 살면 된다.

머릿속에 든 것 이상을 꺼내려 하니깐
숟가락으로 냄비 바닥 긁는 소리 나는 것이고
내 그릇보다 더 많이 담으려고 하니깐
넘쳐흘러서 문제다.

가끔 의도하지 않게
아는 것보다 더 말하고
한 것보다 더 가지려는 경우가 발생한다.

나도 모르게 그랬다면

그럴 때는 미안하다고 정중히 사과하면 된다.

그러면 되는 것이다.

세상은 생각보다 간단한데
세상을 복잡하게 만드는 것은
복잡한 우리 마음이다.

126 세상 돋보기: 다음의 사명 변경에 대한 단상

다음이 카카오로 사명을 변경을 한다고 한다. SNS상에서 국내 2대 포털이 작은 벤처기업으로 사명을 변경한다고 한심해 하는 포스팅을 많이 보았다. 물론 단순히 기업의 규모로 보면 그렇게 생각할 수도 있다. 그렇다면 사명 변경은 정녕 잘못된 선택인가? 이렇게 사회적으로 큰 이슈가 있을 때는 세상을 보는 통찰력을 키우기 위해 우리 모두 공부를 해야 한다. 과연 사명 변경이 좋은 것이니 나쁜 것인지 함께 들여다보자.

상품명이나 회사명이 고유명사가 되는 것은 그 분야에서 엄청난 이점이 있다. 돈을 주고 광고를 해도 인지도를 올리기 쉽지 않은 판에 사람들이 본인들의 입으로 자발적으로 광고를 해주는 효과는 실로 어마어마하다. 우리는 검색할 때 뭐라고 하는가? "네이버에 검색해봐." 하지 "다음에 검색해봐." 하지는 않는다. 그냥 "검색해봐"도 많지만 구체적으로 "다음에 검색해봐."라고는 아무도 하지 않는다. 그게 포털 1위의 위엄이다. 그런 관점에서 봤을 때 카톡의 인지도 한국에서 구글급이다. 영어로 인터넷 검색할 때 "google it" 처럼 우리도 문자를 보낼 때 "카톡 해!" 하지 않는가? "카톡 해! VS 네이버에서 검색해!"의 대결의 결과는 언어적으로 그리고 환경적으로 봐도 시간이 지나면 카카오의 승리가 될 것이다. "카톡 해!"처럼 고유명사가 되면 더 이상 일반 상품이 아니다. 우리 삶의 일부이다. 전 세계 모든 메신저를 통틀어 단위 시간당 사용 빈도수가 카톡이 독보적 1위임이 이것을 증명한다. "네이버하다"라는 말은 통용되지 않기 때문에 언어적 측면에서는 확실히 직관적인 카톡의 압승이 예상된다. 온라인 생태계의 변화를 살펴봐도 카카오가 유리하다. 휴대의 용이성을 등에 업은 스마트폰의 사용시간이 상대적으로 PC 사용시간보다 훨씬 많이 늘어나고 있다. 그렇게 패러다임은 PC에서 스마트폰으로 이미 넘어왔다. 한국에서 스마트폰을 구매하면 가장 먼저 설치하는 앱은 무엇인가? 당연히 카톡이다. PC 세상에서는 네이버가 온라인을 호령했다면, 모바일 세상의 황태자는 카톡이다. 이렇게 정보통신기술 환경적으로도 카카오가 네이버보다는 미래 성장성이 훨씬 좋다.

그렇다면 진짜 카카오가 네이버를 넘어설 것인가? 내 생각은 확고하게 그렇다. 카카오의 보안 취약성이 드러났음에도 불구하고 모바일 엑소더스는 일어나지 않았다. 상당히 의미심장한 결과이다. 카톡의 위상과 입지가 증명된 것이다. 카카오는 머지않아 메신저 1위를 넘어서 한국 온라인 시장을 독보적으로 지배할 가능성이 상당히 높다. 하지만 근시일에는 일어나지 못할 것이다. 김범수 카카오 의장도 이해진 네이버 의장도 모두 실로 뛰어난 인물들이다. 김범수의 창이 아무리 날카로워도 이해진의 방패를 뚫기는 녹녹하지 않아 보인다. 그 근거는 예전과 최근 이해진 의장의 인터뷰에서 찾을 수 있다. "사람들은 네이버를 원해서 쓰는 것이 아니다. 대안이 없기 때문에 쓰는 것이다.", "모바일에서 네이버는 아무것도 아니다." 명실상부 최고이지만 자만하지 않고 이렇게 정확하게 현실을 파악하고 있다는 것은 정말 대단한 능력이다. 이 의장은 그런 리스크매니먼트 능력이 결국 'Line'을 국내 시장 밖에서 세계적인 메신저로 만들었다. 정말 대단한 실력가다. 앞으로 카카오와 네이버는 한국 IT 산업 근대사에 남을 볼만한 싸움을 할 것이다.

이런 역사적 싸움에서 가만히 있으면 안 된다. 자신만의 근거와 논리로 두 회사의 미래를 예측하면서 공부하고 배워야 한다. 추측에 대한 간접적인 답은 추후에 두 회사의 시가총액이 말을 해줄 것이다. 틀리고 맞고가 중요한 게 아니다. 얼마나 논리적인 근거로 자신의 예측을 뒷받침할 것이냐가 핵심이다. 이렇게 꾸준히 사회적 현상을 논리적 분석으로 공부하면 시간이 지날수록 세상을 들여다보는 자신만의 통찰력이 생길 것이다. 그러니 같은 뉴스를 읽어도 시간만 때우지 말고 공부하자.

127 성공의 열쇠 = 동기 부여

영어를 잘하고 싶다면 기본 중의 기본은 단어를 많이 외우는 것이다. 원어민이 보통 4만 단어 정도를 안다고 하면 최소한 만 단어 정도는 완벽히 알아야 영어로 의사소통을 하는 일에 지장이 없다. 단어를 모르고 영어를 잘하겠다는 것은 축구선수가 달리기를 안 하고 최고의 선수가 되겠다고 하는 것이랑 똑같다. 말도 안 되는 이야기인 것이다.

나는 언제나 강연에서 영어 공부의 중요성을 강조한다. 그래서 만 단어 이상을 외울 것을 꼭 권유한다. 아니 강요한다. 실제로 강의 참석자들에게 만 단어를 3달 만에 외우라고 하면 할 수 있겠느냐고 물어본다. 그러면 다들 고개를 절레절레 흔들면서 12년 동안 외워도 1000개도 못 외웠다는 눈빛을 나에게 보낸다. 그럼 진짜로 우리가 만 단어를 단기간에 외우는 게 불가능한 일일까? 절대 아니다. 그럼 나는 조건을 붙인다. 만약에 3달 만에 만 단어 외우고 100억을 받는다면? 모든 강연 참가자의 순간 눈빛이 바뀌고 어떤 분은 시키지도 않았는데 손도 들고는 한다. 그렇다. 강력한 동기부여가 생긴 것이다. 강력한 동기부여는 불가능을 가능하게 한다. 그래서 실력 혹은 능력 있다고 일컬어지는 사람들은 실질적으로 무엇을 잘하는 사람들이기보다는 스스로에게 적절한 동기부여 하는 법을 아는 사람들이다.

미국으로 대학원을 가려면 GRE(Graduate Record Examination)라는 시험을 봐야 된다. 그때 대부분의 준비생들은 단어 암기의 지옥을 맛본다. 정말 생소하고 수준 높은 만 개의 어휘를 단기간 외워서 시험을 봐야 되기 때문이다.(나 같은 경우는 한국어로 모르는 단어도 많이 외워서 진짜 힘들었다.) 하지만 그렇게 힘든 과정을 이겨내는 것은 해외 대학원 진학이라는 동기부여가 있기 때문이다. 더 좋은 환경에서 공부를 해서 학업적으로 또는 직업적으로 더 성공하고 싶다는 욕구가 동기부여가 되는 것이다. 실제로 해외 대학원 출신과 한국 대학원 출신의 평균 연봉 차이를 비교해보면 금전적 보상의 차이가 확연히 드러날 것이다. GRE 시험을 위해 만 단어를 외우도록 만들어주는 해외 대학 진학은 실질적 동기 부여의 좋은 예이다. GRE 시험 자체로는 어떤 성공이 보장되는 것은 절대 아니다. 다른 준비를 추가적으로 잘해서 학교도 합격해야 하고, 합격 후 공부도 열심히 해서 좋은 결과와 함께 졸업도 해야 한다. 보상은 아주 멀리 있다. 그래서 보상을 모르는 사람들이 더 많다. 하지만 멀리 있다고 없는 것은 아니다. 분명히 있다. 사실 대부분의 모든 일은 보상이 가까이 존재하지 않는다. 큰 보상일수록 멀리 있는 게 일반적이다. 그렇다. 아주 멀리 있는 보상을 당장의 동기부여로 가져올 수 있는 능력이 바로 성공의 열쇠이다. 힘들어도 더 좋은 학교에서 공부를 했을 때 나중에 어떤 현실적 보상이 따르는지 정확히 인지하고 있다면 해외 대학원 진학이 충분한 동기부여가 될 수 있다. 그렇기 때문에 그 지옥 같은 GRE 시험을 잘 보기 위해 만 단어를 외울 수 있는 것이다.

단순히 영어 단어 외우는 것뿐만 아니라 공부를 잘하고 싶고 더 나아가 어떤 분야에서 성공하고 싶다면 무조건 열심히 노력하기 앞서서 스스로에게 적당한 동기부여를 해주어야 할 것이다. 동기부여는 일종의 정신력 장(場)이다. 자석이 있으면 자기장 때문에 쇠가 자석 쪽으로 끌려가듯이, 강력한 동기부여가 있으면 우리의 모든 행위는 동기부여 방향으로 끌려갈 수밖에 없다. 그러니 항상 자신에 대해 골똘히 생각해보면서 나는 어떨 때 자극을 받고 무언가를 하고 싶다는 욕구가 들었는지 잘 생각해봐야 한다. 적절한 동기부여를 줄 수만 있다면 성공으로 안내하는 내비게이션을 탑재한 것이나 다름없다.

128 클래스가 성장하는 순간

1. 부족함을 인정하는 순간

2. 디테일의 중요성을 아는 순간

3. 열등감이 동기부여가 되는 순간

4. 내가 한 일보다 운이 크다는 것을 깨닫는 순간

5. 받는 기쁨보다 주는 기쁨이 크다는 것을 아는 순간

6. 실패가 문제가 아니라 거기서 아무것도 배우지 않는 것이 진짜 문제임을 깨닫는 순간

7. 하나를 깊게 파면 다른 것이랑 통하는 것을 알게 되는 순간

8. 답은 찾는 것이 아니라 만드는 것임을 아는 순간

9. 승부에서는 이기는 것보다 후회를 남기지 않는 것이 중요함을 깨닫는 순간

10. 인생에서 우리가 가장 죽도록 해야 할 일은 '사랑'이란 것을 깨닫는 순간

129 그러면 안 된다

1. 내 자식만 귀하다고 생각하면 안 된다.
(모든 아이들은 다 귀하다. 인종/국적 다 불문하고 다 소중하다.)

2. 돈 좀 벌고 쓴다고 본인 인생만 고상하다고 믿으면 안 된다.
(돈 없다고 꿈도 자존심도 없지는 않다.)

3. 고마운 일 있거나 잘못한 일 있으면 입 다물면 안 된다.
(꼭 표현해야 한다. 고마운데 표현 안 하면 선물 포장하고 안 주는 것이랑 똑같다고 한다. 잘못의 제초제는 딱 하나! 사과뿐이다. 안 하면 잘못 때문에 생긴 화는 계속 자란다.)

4. 운전하면서 화내고 그러면 안 된다.
(특히 보행자가 근처에 있으면 안전 운전해야 한다. 사고 나면 차는 고치면 되지만, 사람 다치면 평생 간다. 차 탄 거지 가마 타고 벼슬하는 것 아니니다. 또 벼슬하면 더 그러면 안 된다.)

5. 세상이 공평할 것이라고 믿으면 안 된다.
(공정은 해야 되지만 모두가 기회의 평등은 얻을 수 없다. 그게 현실이다. 숲속에 호랑이만 태어나거나 토끼만 태어날 수는 없다. 그것이야말로 대재앙이다.)

6. 가까운 사람일수록 막 대하면 안 된다.
(그러면 그 사람이 힘들 때 어디에 의지할 수 있을까? 가까울수록 더 챙겨야 된다. 당장 가족부터 더 챙겨라.)

7. 조금 안다고 모르는 분야까지 아는 척하면 안 된다.

(그러다 무지가 드러나면 아는 분야까지 의심받는다.)

8. 나이 많은 사람이 조금 뭐라고 하면 '꼰대' 혹은 어린 사람이 조금 뭐라고 하면 '요즘 것들' 이런 말하면 안 된다.

(개구리 올챙이 적 생각 좀 하고, 올챙이도 개구리 될 생각해야 된다. 소크라테스도 꼰대질을 했다고 한다. 다른 세대가 불만족스러워 보이는 것은 그냥 자연현상이니 이해하려고 노력해야 한다.

9. 다름을 틀림으로 혼동하면 안 된다.

(그렇다고 틀림도 다름으로 우기면 더 안 된다. 이건 잘못하면 형사처벌이다.)

10. 졸업했다고 공부 안 하면 안 된다.

(공부는 죽어서야 끝나는 것이다. 그러니 계속 공부하자!)

130 치열한 고민

방향 설정이 잘못되어 목표지점과 멀어지고 있는 경우에 마냥 '열심히' 앞으로 가면 더욱 문제는 심각해진다. 지금 대한민국의 대기업들이 딱 그런 상황인 듯하다. 맹목적으로 무언가를 계속해서 '나 놀지 않았음'을 보고하려고 한다. '업무실적 = 가시적인 결과'라는 평가 방식이 타파되지 않으면, 결국 누구도 보고서에 언급되지 못하는 진지한 고민이란 것을 할 수 없게 된다. 디지털 세상은 지독한 승자독식의 사회다. 또 기존의 강자도 한 방에 무너질 수 있는 구조는 기존 아날로그 세계와는 전혀 다르다. 안일한 대처 방식으로는 아날로그를 장악하고 있는 일본과 디지털 패권을 장악하려는 중국에 압사당하고 만다. 우리가 미래를 찬란하게 빛나게 하고 싶다면 성찰과 고민의 에너지를 지금 발산해야 한다. 그래야 과거에서 온 별빛처럼 우리의 성찰이 미래에 반짝일 수 있다. 그렇지 않으면 우리의 아이들은 경제적으로 칠흑 같은 어둠 속에서 지내야 될지도 모를 일이다. 그러니 치열하게 고민하고 서로의 고민을 존중하고 인정해주자.

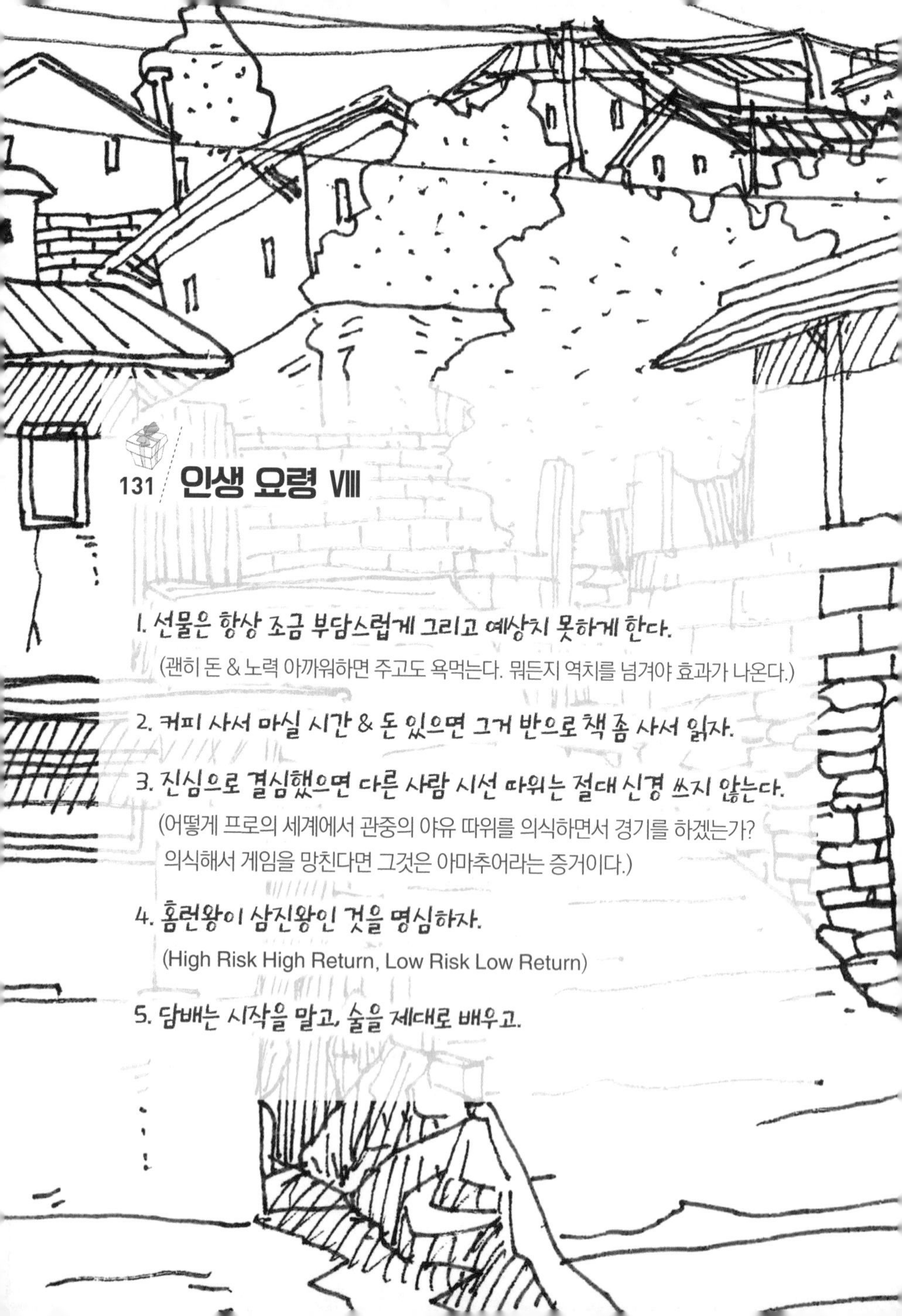

131 인생 요령 Ⅷ

1. 선물은 항상 조금 부담스럽게 그리고 예상치 못하게 한다.

(괜히 돈 & 노력 아까워하면 주고도 욕먹는다. 뭐든지 역치를 넘겨야 효과가 나온다.)

2. 커피 사서 마실 시간 & 돈 있으면 그거 반으로 책 좀 사서 읽자.

3. 진심으로 결심했으면 다른 사람 시선 따위는 절대 신경 쓰지 않는다.

(어떻게 프로의 세계에서 관중의 야유 따위를 의식하면서 경기를 하겠는가?
의식해서 게임을 망친다면 그것은 아마추어라는 증거이다.)

4. 홈런왕이 삼진왕인 것을 명심하자.

(High Risk High Return, Low Risk Low Return)

5. 담배는 시작을 말고, 술을 제대로 배우고.

132 고효율 회의 by Steve Jobs

미국의 경우 1년에 잘못된 회의로 낭비되는 돈이 한화로 약 40조 원으로 추정된다고 한다. 한국은 시장 규모는 작아도 초비효율적인 회의 스타일을 고려할 때 미국만큼 아니 미국보다 더 많은 에너지와 돈이 회의에서 낭비되는 것 같다. 신화적인 애플의 CEO 스티브 잡스는 멍청하고 비효율적으로 회의하는 것을 죽는 것보다 더 싫어했다고 한다. 그러면 스티브 잡스가 애플을 어떻게 슈퍼생산적으로 만들었는지 3가지 비밀을 함께 살펴보자.

(1) 최소한의 인원으로 회의하라!

한번은 애플에서 광고 회사와 주간회의를 막 시작하려는 참이었다. 그런데 스티브 잡스는 순간 이 회의실에 뭔가 잘못되었다는 눈빛으로 아주 차갑게 한 사람만 뚫어지게 쳐다보았다고 한다. 그리고 잡스가 입을 떼었다. "Who are you?" 그러자 그 여자(로리)가 조용히 자신은 마케팅 프로젝트에 관련 있는 것 같아서 회의 참석을 요청받았다고 대답했다. 그러자 잡스는 "로리, 우리는 당신이 이 회의에 있을 필요가 없는 것 같군요. 정말 미안하지만 나가주세요."라고 아주 정중하게 나가달라고 했다고 한다. 그는 자신에게 또한 아주 냉혹할 정도로 철저했다. 한번은 오바마가 IT거물들을 백악관으로 초대했다. 그런데 잡스는 너무 작은 모임에 대통령이 자기 좋자고 너무 많이 초대했다고 하면서 참석을 거부했다고 한다. 대통령이 초대했는데 가지 않는 그의 배짱은 실로 대단하다.

애플의 회의구조는 내가 몸담았던 삼성(비단 삼성뿐만은 아닐 것이다.)과는 아주 정반대 구조이다. 내 경험이 삼성을 일반화하는데 무리가 있겠지만 그래도 얘기를 해보면 우리는 회의에 웬만하면 다 참석하자는 분위기였다. 무조건 그게 나쁜 것은 아니다. 주니어들이 의사결정이 어떻게 진행되는지 보면 더 큰 시야를 키울 수 있고 인접 부서가 무엇을 하고 있는지 알고 있으면 나중에 협업을 할 때 확실히 장점이 있다. 하지만 그런 좋은 의도만 있었던 것은 절대 아니다. 보통 회의에 최대한 많이 참석시키는 것은 결정권자가 다 이해를 못 하니 너희들이 이해도 하고 일도 하라는 식의 경우가 상당히 많았다. 심지어 이해를 못 하니깐 듣게 하고 나중에 설명을 시키는 최악의 경우도 종종 있었다. 유능한 보스라면 자기가 회의를 완벽히 이해하고 재해석해서 요점만 전달해서 주니어들이 일을 하게 해줘야 되는데 그 당연한 것을 못하는 시니어들이 생각보다 많았다. 아마 무의미한 회의만 줄여도 대한민국 야근은 싹 사라질 것이다.

(2) 누가 일의 책임자인지 아주 확실하게 하라!

스티브 잡스의 핵심 정신 중 하나는 바로 책임감이다. 그는 일에 진행될 때 아젠다에 나오는 모든 각각의 아이템에 대하여 책임자를 아주 뚜렷하게 정하여 누구라도 프로젝트의 책임자가 언제든지 알 수 있게 하였다. 이렇게 책임자를 정하는 과정은 따로 명칭도 있었다. DRI(Directly Responsible Individual)라고 해서 애플에서 행해지는 모든 회의에서는 Action List(실행 목록)가 있고, 그 각각의 아이템에는 DRI가 명확히 명시되어 있었다고 한다. 그래서 애플에서는 "누가 저것의 DRI지?" 하는 소리를 아주 쉽게 들을 수 있다고 한다.

이것은 우리나라 대기업들도 흔히 하는 문화라서 그렇게 새롭지는 않다. 다만 특이한 점은 내가 다녔던 삼성에서 책임을 져야 하는 시니어가 10명이고 아이템이 10개이면 한 명이 한 개의 프로젝트를 책임지는 것이 아니라, 한 명이 여러 개를 책임지고 몇 명은 베짱이가 되는 구조가 참으로 안타까웠다. 당연히 일을 많이 한 사람이 좋은 고과를 받지만 그래도 한 일의 양에 비례해 보상받지 못하는 보수적인 구조도 정말로 열정적으로 일하고 싶은 사람들의 동기부여를 꺾는 것 같아서 많이 아쉬웠다. 정말 최악의 경우는 시니어가 책임자로 배정받아도 막상 이름만 책임자고 프로젝트를 전혀 이해도 못 하고 주니어들이 사실상 모든 것을 다 하는 상황이었다. 우리나라 회사들이 연공서열 제도를 폐지시키지 않고 이런 상황이 지속되면 과연 미래에 경쟁력이 정말로 있을지 늘 걱정이 된다.

(3) 파워포인트 뒤에 숨지 말아라!

스티브 잡스는 형식적인 프레젠테이션을 정말 혐오했다고 한다. 대신에 그는 얽매이지 않고 얼굴을 맞대고 하는 자유로운 회의를 좋아했다. 한 예로 그는 매일 수요일이면 마케팅 팀과 광고 팀과 안건이 없는 격식 없는 회의를 했다. 물론 파워포인트는 금지되었다. 스티브 잡스는 팀들이 발표 기술에 전혀 의존하지 않고, 아주 열정적으로 토론하기를 원했다고 한다. "나는 사람들이 생각하는 대신에 슬라이드를 넘기는 발표를 정말로 싫어한다. 사람들은 오히려 파워포인트를 만들어서 쓸모없는 문제에 직면하고는 한다. 나는 사람들이 발표 자료를 만드는 것에 집중하는 대신에 열정적으로 토론해서 회의 탁자에서 멋진 결론을 도출해내는 것을 원한다. 발표를 위한 일은 하기를 원하지 않는다. 사실 자신이 하는 일을 완벽하게 알고 있다면, 파워포인트 발표 따위는 필요가 없다."

삼성에 재직 시절 회사 업무의 51% 이상을 발표 자료를 만드는 데 소비해서 '극공감'을 하는 부분이다. 그렇다고 발표 자료 준비가 안 중요한 것은 아니다. 특히 엔지니어링 분야는 데이터를 보여줘야 하기 때문에 직관적으로 사람들이 이해할 수 있도록 발표 자료를 준비하는 것은 아주 중요한 능력이다. 그래서 애플의 예도 굳이 마케팅과 광고 팀으로 국한한 것이다. 이해하기 좋게 잘 만든다는 것은 정말 중요하지만, 예쁘게 만들려고 시간을 소비하는 것은 참 회의적이다. 예쁘게 발표 자료를 만드는 것은 일종의 분식회계 같은 분식 발표이다. 껍데기로 본질을 숨기려 하는 것과 크게 다르지 않다. 스티브 잡스의 마지막 말을 깊게 새겨들을 필요가 있다. 발표 자료는 보조수단이다. 자료를 아무리 잘 만들어도 자신이 한 일을 완벽하게 이해하지 못하면 발표할 때 멈칫거리게 되고, 심지어 준비된 자료를 잘 '읽지도' 못한다. 발표 자료를 만드는 것보다 중요한 것은 내용을 장악하는 것이다. 내용이 장악된 상태에서 발표를 하게 되면 사실 발표는 자신의 콘서트장이 된다. 그렇게 되면 언제 어디서 발표를 해도, 발표는 정말 재미있어진다. 그러니 발표 자료를 단순히 요약해서 만들지 말고 완전히 소화된 내용들만 정리하도록 하자. 완벽히 소화만 되었다면 사실 화이트보드만 있어도 충분히 멋진 발표를 할 수 있다. 언제나 결론은 똑같다. 본질에 집중하자.

- 위의 글은 비즈니스인사이더에 실린 [3 ways Steve Jobs made meetings insanely productive] 기사를 개인적으로 삼성에서 있었던 경험을 가미하여 각색하여 새롭게 작성되었다.

133 의지가 필요할 때

젊은 친구들이 취업하기가 쉽지 않다. 힘든 원인이 우리나라 내부에만 있지 않기 때문에 현 상황이 사실 개선될 여지가 별로 없다. 중국에서는 매년 800만 이상의 대학 졸업자 쏟아져 나오고 있다. 우리가 할 수 있는 대부분의 제조 관련 일을 중국 젊은이들이 1/3의 인건비로 할 수가 있다. 또, IT 기술의 발달로 대부분의 단순 업무는 로봇과 소프트웨어들이 대체하고 있다. 상황이 이렇기 때문에 앞으로의 취업 상황은 쉽게 개선되지 않을 것이다. 안타깝지만 신세 한탄한다고 나아지는 것은 없다. 최악의 상황이 올수록 마음을 더 단단히 다잡아야 한다. 지금 우리에게는 어느 때보다도 굳은 의지가 필요하다. 그런 의지가 필요한 우리에게 절단 장애인 신명진 씨의 이야기 『지금 행복하세요』는 큰 울림으로 다가온다.

신명진 씨는 다섯 살 때 기차 사고로 한 팔과 양다리를 잃었다. 비록 성한 부분은 한쪽 팔뿐이지만 수영으로 한강을 횡단을 하고, 42.195km 풀코스 마라톤을 완주하는 그의 모습을 보면서 사지 멀쩡한 나는 무엇을 하면서 살았는지 반성하게 된다. 신명진 씨의 의지의 절정은 육체적 장애의 극복이 아니라 그의 장애를 삐딱하게 바라보는 편견을 극복한 것이다. 장애인의 기준을 신체가 아닌 '마음'으로 한다면 우리 '보통' 사람들은 과연 장애인이 아니라고 말할 수 있는지 묻고 싶어졌다. 우리에게 햇살같이 공기같이 너무 쉽게 주어진 당연함은 신명진 씨가 너무도 갖고 싶은 처절한 소중함이었다. 천 번은 흔들려야 어른이 된다면 만 번 이상 넘어진 신명진 씨의 하루하루 삶 자체는 정말로 우리에게 무엇보다 어른스러운 조언이다. 그의 끈덕진 노력하는 삶을 짧은 발췌로 담아내기는 불가능하다. 하지만 어둠 속에서 희망의 실마리를 애타게 찾고 있을 젊은 친구들에게 신명진이라는 의지의 등대 불빛이 조금이나마 길잡이가 되기를 바라면서 자신의 한계에 매일매일 도전하는 그의 이야기를 여기서 소개한다.

『지금 행복하세요』 中, 신명진

처음으로 의족 착용 후

모두의 간절한 기대 속에서 의수와 의족을 착용했지만 걷기도 전에 고통이 심각했다. 하지만 그대로 머뭇거릴 수가 없어 나는 침대를 박차고 일어났다. 이런! 나는 그대로 고꾸라지고 말았다. 환부가 찢어질 듯이 아파왔다. (중간생략) 이미 없어진 다리로 하루아침에 걸을 수 있다고 기대한 것부터가 무리였다. 걷고 또 걸으며 연습해야 했다. 그날 이후로 나는 오직 걷기 위해 살았다.

어머니와 자전거를 타고 가다 논두렁에 굴러 떨어진 후

걱정스러운 마음으로 안절부절못하는 내 눈빛을 그제야 읽은 어머니는 다시금 "괜찮아. 엄마는." 하고 또 한 번 밝게 웃었다. 그리고 저벅저벅 흙탕물을 걸어가 자전거를 일으켜 세우고 나를 태웠다. 마치 아무 일도 없었던 것처럼. 넘어지고 깨지는 것은 대수롭지 않은 일이라는 것처럼. 어머니는 정말이지 아무렇지도 않게 다시 자전거 페달을 밟았다.

아마도 그 순간이었을 것이다. 넘어지는 일에 겁먹지 말자고 다짐했던 것이. 다시 일어서는 일에 지나치게 비장하지 않기로 한 것이. 다 괜찮은 일, 다시 일어서면 그뿐인 일이라 담담히 마음먹기 시작한 순간이.

억지로 공부를 배우던 누나에게 쓴소리를 들은 후

사실 장애를 얻은 뒤로 어떤 어른도 내게 쓴소리를 하지 않았었다. 5살 때 장애를 얻었으니 어쩌면 평생 동안 쓴소리라는 건 들어 본 적이 없었다. 이미 불쌍한 인생, 가엾고 안된 녀석을 다그쳐봐야 무엇 하냐는 심정이었을지라도 나를 안쓰러워하는 마음들이었을 것이다. 그런데 누나가 내게 일침을 가한 것이다.

누나의 말마따나 나는 신나게 놀지도 무엇에 빠져 열정을 불태워보지도 않고 심지어 공부마저 하기 싫다는 이유로 빈둥빈둥 시간을 때우는 한량 그 자체였다. 야구를 보러 다니고 TV를 보면서 남들은 꿈을 찾아 밤을 지새우는 그 시간에 하염없이 내 청춘과 시간을 낭비하고 있었던 것이다.

양쪽 시력을 망막박리 증상으로 모두 잃어버릴 뻔한 후

그것은(망막박리 증상) 찾아올 수도 있는 사고 같은 불행이었을 뿐이다. 내가 얼마나 성실하든 내가 나의 불행을 떨쳐내기 위해 얼마나 발버둥을 치든 아무런 상관이 없다. 불행은 그렇게 관용을 베푸는 녀석이 아니다. 그래서 이젠 더 이상 두려워하지 않는다. 불행이 올까 전전긍긍하고 다시는 불행해지지 않겠다 비장해지지도 않으니 아무것도 두렵지 않다.

인생이 뜻대로 되지 않는다는 것을 받아들이면 오히려 주어진 것들에 집중할 수 있게 된다. 두 눈을 잃을 수도 있는 것이 인생이다. 하지만 그렇게 되지 않았으니 얼마나 다행인가. 나는 그렇게 생각한다.

운전면허 취득 후

내게는 면허를 땄다는 기쁨보다 무언가를 성취하기 위해 누구보다 걸림돌이 많은 내가, 절대로 포기하지 않았다는 사실이 가슴 벅차도록 기뻤다.

"목표를 달성하려면 이 정도는 해야 하는구나. 다른 이들에겐 모두 달려 있는 팔다리, 내겐 그것이 없다. 그러니 몇 곱절로 더 노력해야 한다. 나는 쉽게 이룰 수 없는 사람이다."

어쩌면 내 인생 첫 성취감이었던 것도 같다. 무엇을 이룬다는 것이 그토록 기쁜 일인 줄 왜 미처 몰랐던 것일까?

134 지(知)의 거인 다치바나 다카시의 인생 조언에 숟가락 얹기

현대 사회에서 반드시 필요한 능력

1. 논리를 세우는 능력

(잘못된 능력을 간파하는 능력, 사람을 설득하는 능력, 잘못된 논리를 반박하는 능력이 포함됨)

2. 계획을 세우는 능력

(계획을 수행하는 능력, 계획을 수행하기 위해 조직하는 능력이 포함됨)

3. 정보를 수집하는 능력

(정보를 평가하는 능력, 정보를 이용하고 응용하는 능력이 포함됨)

4. 공감하는 능력

(닥치고 깊게 듣는 능력, 공감했으면 어떤 부분을 도와줄 수 있는 생각하는 능력이 포함됨)

5. 참는 능력

(업무 및 공부 시간에 스마트폰 보지 않는 능력, 너무 생각 없이 말을 내뱉지 않는 능력이 포함됨)

6. 내 인생 온전히 사는 능력

(남하고 비교하지 않는 능력, 개인적 성장에서 즐거움을 찾는 능력이 포함됨)

1, 2, 3은 **『도쿄대생은 바보가 되었는가』**에서 나왔음

4, 5, 6은 **내 마음속**에서 나왔음

135 실수

실수를 피할 수는 없다.
줄일 수만 있는 것이다.
완벽은 신의 영역이다.
누구나 실수할 수밖에 없다.

실수하는 것은 크게 문제 되지 않는다.
오히려 걱정 때문에 아무것도 안 하는 것이 문제가 된다.
실수 때문에 포기하면 그것은 실패이다.

실수하면 가장 먼저 해야 될 것은 인정이다.
실수를 인정하지 못하면 그 실수는 계속 반복된다.
인정만이 실수의 무한 고리를 끊을 수 있다.

불이 나면 초기 진압이 중요하다.

내 실수가 타인에게 문제를 일으켜도 초기 진압이 중요하다.

빠른 사과만이 유일한 소화기이다.

변명은 오히려 화를 키울 뿐이다.

변명이 계속되면 관계는 잿더미가 되고 만다.

실수는 절대 문제가 아니다.
실수를 대처하는 우리의 태도가 문제인 것이다.

136 노력팔이

무계획하고 무조건적인 노력은 절대 성공을 보장하지 않는다. 내가 아무리 이 악물고 달려도 우사인 볼트를 이길 수는 없다. 백만 년 동안 밥만 먹고 달리기만 해도 절대 불가능하다. 내가 죽자고 노력해도 농구에서 야오밍을 센터 포지션에서 이길 확률은 없다. 센터는 키 크면 장땡이다. 무한한 노력을 기울여도 성공은 보장되지 않는다. 그게 현실이다. 사실 노력이 100% 보장하는 것은 성공이 아닌 바로 '성장'이다. 내가 우사인 볼트를 이길 수는 없지만 열심히 노력하면 14초에 뛰던 100m를 13.8초에 완주할 수는 있다. 내 한계를 극복하는 것이다. 내가 야오밍에게는 안 되지만 무게 중심과 위치 선정에 대한 이해를 높이고 리바운드 타이밍에 대한 감각을 키우면 동호회 농구에서는 인정받는 센터가 될 수 있다. 무계획한 노력이 결코 성공을 보장하지 않지만 충분히 역치를 넘긴 노력은 성장을 보장하는 것이다.

태생적, 구조적인 한계 때문에 노력해도 소용없다고 비관을 전도하는 사람들이 늘어나고 있다. 이들의 말을 들어보면 상당히 설득력 있는 것 같지만 세상이라는 방정식 풀려는 방식 자체가 오답 프레임이다. 이 오답 프레임이 얼마나 잘못되었는지는 월드컵이나 올림픽을 보면 아주 쉽게 설명이 된다.

현실적으로 우리나라가 월드컵에 나가서 우승을 할 것이라는 기대는 대부분이 하지 않는다. 그래서 언제나 현실적인 목표는 16강 진출이다. 그만큼 조별예선 통과도 힘들다는 것이다. 하지만 어차피 탈락할 것 월드컵 괜히 나갈 필요 없다고 하는 사람은 거의 없다. 어차피 박살 날 운명이지만 도전을 해보고 싶은 것이다. 실낱같지만 그래도 희망을 따라가보고 싶은 것이다. 승패가 문제가 아니라 도전해보고 최선을 다해보는 것이 중요하다. 그렇게 하다 보면 실력이 늘게 되고 차츰 꿈에 가까워지게 된다. 꾸준한 노력은 성공은 보장 못 해도 그렇게 노력에 비례하게 실력 향상을 만들어내는 것이다.

나는 '힐링팔이'들을 상당히 싫어한다. 힐링은 상처를 입은 사람이 회복하는 과정이다. 상처 없는 사람들이 약을 복용하는 것은 약물 남용이다. 지금 대한민국이 구조적으로 힘든 상황을 겪고 있는 것은 120% 인정한다. 하지만 대한민국이 병들었다고 청춘까지 병들어야 되는 것은 절대 필요충분조건이 아니다. 이럴 때일수록 지금 청춘들에게 필요한 것은 힐링팔이 멘토들이 아니라 노력을 독려하고 앞에 놓여 있는 장벽에 주눅 들지 않게 격려하는 인생'코치'들이 더 많이 필요하다. 상처를 치료해주는 사람이 아닌 성장을 도와주는 사람들이 더 많이 필요한 것이다. 대한민국이 전쟁터이면 훌륭한 훈육관과 유능한 지휘관이 필요한데 흡사 모두가 군의관이 되어서 부상병을 치료하겠다는 것이 참으로 안타까운 현실이다.

내가 힐링팔이들보다 더 싫어하는 부류가 있는데 그것은 바로 '낙담팔이'들이다. 힐링팔이들이 달콤한 조언으로 사람들에게 정신 당뇨병을 유발한다면 낙담팔이들은 자극적인 유혹으로 정신 비만을 양산한다. 노력이라는 달갑지 않고 쉽지 않은 과정을 하지 않아도 되는 명분을 주어서 사람들의 마음에 거짓된 평온을 선사한다. 흡사 초등학교에서 숙제 안 해온 사람 일어나라고 할 때 혼자 일어나면 무서우니 반 전체가 숙제를 함께 안 해서 모두가 일어나자고 하는 꼴이다. 모두가 잘못하면 꼭 아무도 잘못하지 않은 착각이 들게 된다. 그러니 치사하게 너 혼자 숙제 하지 말고 주입과 억압으로 뭉친 교육제도 저항하기 위해 모두가 숙제를 하지 말자고 하는 그럴듯한 명분을 내세우는 것이다. 그럴듯해 보이지만 결과는 뭉쳐서 살자는 것이 아니라 뭉쳐서 다 같이 죽자는 것이다.

맵고 짜고 달콤한 자극적인 음식은 처음에는 자꾸 먹고 싶다. 하지만 시간이 지나면 물리게 되고 또 건강을 해친다. 진짜 맛있는 음식은 두 가지가 있다. 하나는 배고플 때 먹는 음식이다. 열심히 일하고 허기질 때 먹는 식사는 밥에 김치만 있어도 정말 맛있게 먹을 수 있다. 두 번째는 내가 노력을 들여 만든 음식이다. 똑같은 카레도 학교에서 급식으로 나올 때랑 캠핑 가서 해 먹을 때 맛은 천지 차이이다. 내가 식기도 준비하고 당근도 자르고 해서 준비한 카레는 그냥 식판에 덜어져 나오는 카레보다 몇 배는 맛있다. 인생을 요리라고 하면 인생의 감칠맛을 나게 하는 양념은 바로 노력이다. 고기와 생선으로 스며든 양념이 눈에는 보이지 않지만 맛을 좌우하듯 보이지 않는 노력이 내 인생의 결과물에 조금씩 스며든다면 내 인생을 훨씬 맛깔난 인생이 된다. 타인들의 자극적인 감언이설에 중독될 것이 아니라 노력이 100% 보장하는 성장의 참맛에 꼭 모두가 중독되었으면 한다. 나는 세상에 무엇보다도 맛있는 그 참맛을 알기에 앞으로도 영원히 '노력팔이'로 살 것이다.

노력은 맛있다!

137 기필코 적용할 회사 시스템

1. 업무 시간은 주 36시간

→ 월요일 10시 반까지 출근. 금요일 4시 반 퇴근. 주중 하루는 본인 마음대로 한 시간 일찍 퇴근(어차피 나오기 싫은 월요일 효율도 안 나오는데 기분 좋게 나와 제대로 하는 게 더 좋다고 생각함. 금요일도 싱숭생숭한데 칼같이 일하고 차 막히기 전에 퇴근)

2. 군대 문화 적용

→ 포상휴가 시스템 도입(일 잘하는 직원 한 달에 몇 명 뽑아 하루씩 월차 아닌 추가 휴가 지급)

→ 전투휴무(다들 업무가 너무 심했다 싶으면 팀장 권한으로 반나절 휴무)

→ 화생방 체험(직원들이 팀장이 조금 아니다 싶으면 팀장만 보낼 예정)

3. 강압적 회사 문화

→ 업무 시작 전에 무조건 스트레칭 해야 함

→ 한 달에 두 시간은 업무랑 전혀 상관없는 것을 해서 분기별로 발표해야 함(잠을 잤어도 프로이트 책을 읽고 꿈에 관한 실험을 했다고 하고 발표만 잘하면 전혀 무방함. 배워서 남 주는 게 취지임)

4. 작은 캠핑장 옥상이든 어디든 설치

→ 회사니깐 바쁠 땐 죽자고 일해야 됨(그럴 경우 가족들이 와서 캠핑하고 아빠는 가끔 가족 얼굴 보고 계속 코피 터지게 일하는 걸로 함)

5. 육아

→ 애 낳으면 일 년 동안 남녀 상관없이 12시 출근(어차피 힘들어서 효율 떨어짐. 아기 밤새 잘 돌보고 푹 쉬고 제대로 하는 게 낫다고 생각함)

→ 회사에 어린이집은 반드시 만들 예정.(선생님은 박사급으로 정직원으로 뽑을 예정. 어린이 집 다니고 싶어서라도 회사 다니게 하겠음)

6. 직급 체계

→ 직급은 따로 없음. 20명 단위로 팀장 한 명만 있음(팀장은 주기적 로테이션으로 변경)

7. 야근 쿠폰제

→ 부득이한 사정으로 야근했으면 야근 시간을 일정 비율로 휴가로 교환 가능(1:1 교환은 너무 한 것 같고, 적당한 비율은 생각 중)

8. 모두가 주주인 회사

→ 한국은 기업의 가치 극대화보다는 영업이익만 신경 쓰니 영업이익과 관련도 없는 직원들이 회사에 애사심이 생길 이유가 없음(그래서 주인의식이 생기게 입사 때 무조건 스톡옵션 조금씩이라도 제공)

9. 회식 문화

→ 회식은 보통 점심시간에 하거나 혹은 저녁에 하면 다음 날 근무시간에서 빼주기(그래야 진짜 회식할 맛 남)

10. 휴가

→ 언제나 동종업계보다 +2 (추가로 봉사활동 휴가 2박 3일. 의무 사항)

11. 보수적인 회사 문화

→ 기념일은 무조건 1시 퇴근(더 늦게까지 하면 무능하다고 판단. 인사고과에 반영)

12. 역지사지

→ 분기에 한 번은 동료 업무 체험(동료의 시각을 이해하고 추후 백업이 가능하게 멀티플레이어로 성장해야 함)

실제로 위의 언급된 내용은 페이스북상에서 확산돼 일부는 '애그로닉스'라는 촉망받는 농업벤처에서 이미 적용 중이다. 이 글을 읽는 모든 분들도 조직 문화에 대해 미리미리 고민해서 나중에 영향력을 발휘할 수 있는 포지션에 가면 꼭 적용하기를 개인적으로 소망한다.

138 타인 소개서

회사 가면 (대부분이) 힘든 이유!

우연치 않게 한번은 입사 지원자들의 자기소개서를 검토할 일이 있었다. 정말 놀라웠다. 나는 우리나라에 그렇게 "긍정적이고, 열정적이고, 배울 준비가 되어 있고, 적응력이 강하고, 너무 집중력이 강한 것은 단점이라서 어쩔 수 없고, 약간 내성적인 단점은 회사생활을 통해 개선할 수 있고, 단점은 보완해서 장점으로 승화시키겠다."라는 사람들만 있는 줄 잘 몰랐었다. 아무리 생각해도 미스터리다. 패기와 기개는 독립투사 이상이고, 애사심은 스타트업 창립자 수준이었는데, 적어도 내가 삼성 재직 시절에는 저런 친구들은 잘 보지 못했다. 자기소개서로 면접을 통과해야 되는데 타인 소개서로 회사를 들어갔으니 힘들 수밖에 없다.

139 직접경험의 중요성

대학 재학 시절에 미국 뉴욕주 포츠담이라는 작은 도시에 있는 클락슨(Clarkson) 대학교를 교환학생으로 갔다. 포츠담은 미국의 전형적인 University Town(대학 때문에 존재하는 도시)이었다. 그래서 내가 클락슨 대학교에서 할 수 있는 유일한 세 가지는 공부, 연구, 스컹크를 조심하는 일이었다.(워낙 시골이어서 학교 내에도 야생동물이 많이 돌아다녔다.) 그렇게 한가로운 시골 마을에는 클락슨 대학교 말고 뉴욕주립대 포츠담 캠퍼스가 또 있었다. 그 학교에는 미국 동부에서는 그래도 꽤 알려진 Crane School of Music이라는 음대가 있었는데 학생들이 정기적으로 무료 공연을 하였다. 클래식을 좋아한 것은 아니지만 워낙 할 일도 없고 해서(스컹크를 피하는 일보다는 의미 깊고 재미있을 것 같아서) 우연치 않게 공연을 갔다가 나는 오케스트라 연주회에 빠져들어 버렸다. 그러면서 직접경험의 중요성의 깨달음을 얻었다. 연주회에 가서 그랬는지 깨달음의 전율이 왔다.

사람은 매질인 공기의 진동을 통해서 들을 수 있다. 매질의 진동이 고막으로 전달되고 고막의 진동은 청소골을 진동시킨다. 청소골의 진동은 달팽이관 안에 있는 청세포를 자극하고 청세포는 진동을 전기 신호로 바꿔 뇌로 전달된다. 우리 뇌는 그 전기 신호를 분석하여 소리를 듣는 것이다. 이런 소리의 전달 원리로 인해 우리의 가청 주파수 영역은 물리적으로 귀가 반응할 수 있는 20~20000Hz가 된다. 보통 우리가 20~20000Hz 영역 밖은 들을 수 없기 때문에 일반 음원은 가청 영역 주파수 밖은 다 필터링하여 잘라낸다. 하지만 소리의 전달 원리에서 알 수 있듯이 소리는 진동으로 전달되기 때문에 우리가 가청 주파수 영역 밖을 듣지는 못해도 여전히 진동을 몸으로는 느낄 수 있는 것이다. 이런 이유로 현장에서 듣는 음악은 같은 음악을 이어폰으로 듣는 것에 비하여 더 큰 느낌으로 다가오게 된다. 그래서 실제 연주를 들을 때는 단순히 소리의 문제가 아니기 때문에 '분위기'가 다르다고 표현되는 것 같다.

실제로 공연장에서 들으면 더 감동이 큰 이유는 뇌과학으로도 설명될 수 있다. 결국 앞에서 설명한 것처럼 소리는 기계적 진동이 전기적 신호로 바뀌면서 우리의 뇌가 신호를 해석해서 듣는 것이다. 그래서 귀의 역할만큼 잘 들으려면 뇌의 역할이 중요하다. 소리를 담당하는 뇌의 영역은 대뇌반구 양쪽 가에 있는 측두엽이라는 곳이다. 측두엽에는 청각 연합영역과 청각 피질이 있어 청각정보를 처리할 수 있다. 흥미로운 점은 측두엽은 시각 정보처리도 관여한다는 사실이다. 측두엽은 시각피질에서 들어온 정보를 해석하여 우리가 무엇을 인지하고 있는지 판단하는 기능을 한다. 이렇게 측두엽이 청각뿐만 아니라 시각에도 관여를 하기 때문에 실제로 그냥 이어폰을 통해서 소리만 듣는 것이랑 직접 연주하는 모습을 보면서 음악을 듣는 것이랑 뇌의 활성화 정도가 차이가 나게 된다. 더 많은 자극을 통해 뇌가 더 활성화되고 신호를 더 능동적으로 해석하기 때문에 우리는 결과적으로 연주 현장에서는 더 큰 자극을 받는 것이다.

우리가 유한한 존재인 만큼 직접경험의 한계는 명확하다. 모든 것을 직접 경험한다는 것은 금전적으로 시간적으로 거의 불가능에 가깝다. 그래서 사람들은 다양한 간접경험을 통해 물리적 한계로 인해 경험하지는 못하는 직접경험을 대신한다. 우리가 살아가는 데 있어서 직접경험 그리고 간접경험 모두 다 똑같이 중요하다. 우열의 문제가 아니라 그 역할이 다른 것이다. 하지만 직접경험의 기회가 있을 때는 무조건 직접 해보는 것이 좋다. 내가 오케스트라 연주에서 느낀 것처럼 직접경험에는 말로 설명 못 하는 느낌이 있다. 이 보이지 않는 느낌들은 공부를 아무리 열심히 한다고 얻을 수 있는 그런 부분이 아니기 때문에 직접 느껴 보는 것이 체득할 수 있는 유일한 방법이다. 아마도 인생의 선배들이 말하는 논리를 넘어선 동물적인 육감은 이런 직접경험들의 누적으로 나도 모르게 생기는 것이 아닌가 생각해본다. 그렇게 나는 심장으로 스며드는 저음과 측두엽으로 파고드는 고음을 느끼면서 오케스트라 연주에 빠져들었다.

140 프로 의식

해태 타이거즈(기아 타이거즈의 전신) 왕조 지휘봉을 잡았던 김응룡 감독의 평가.

"투수는 동렬이가 최고고 타자는 승엽이가 최고고 야구는 종범이가 제일 잘하지."

대한민국 프로야구 역사상 독보적인 지존은 이종범이다. 우리는 그를 야구의 신이라 부른다. 그런 야신 이종범에게 김응룡 감독이 말한 프로란 무엇인지 가르쳐주는 전설적인 명언이 있다.

"술 담배 다 해도 된다. 도루 80개만 해라."

그렇다. 프로는 결과로 말하는 것이다. 스스로 모든 과정을 만들고 과정에 대한 결과도 본인이 책임지는 것이 프로의 세계이다. 그렇게 생각했을 때 대한민국 회사는 과연 프로답게 일하고 있는지 물어봐야 한다. 업무에 대한 조언은 그렇다 쳐도 개인의 사생활에 시시콜콜 잔소리하는 문화는 프로는 고사하고 초등학교 야구팀 정도의 문화라고 봐도 무방할 것 같다. 제발 프로답게 일하자. 깔끔하게 결과로 이야기하자.

141 기본

인생이 마라톤이라면 마라톤용 운동화부터 똑바로 신어라.
농구화 신고 마라톤 한다고 하지 말고.

인생이 등산이라면 등산복부터 잘 챙겨 입어라.
청바지 입고 등산한다고 하지 말고.

인생이 요리라면 손부터 잘 씻어라.
괜히 잘못 요리해서 사람들 배탈나게 하지 말고.

인생이 축구라면 규칙부터 배워라.
오프사이드가 뭔지도 몰라서 골 넣고도 무효처리 되지 말고.

인생이 영화라면 대사부터 똑바로 외워라.
대사 자꾸 틀려서 촬영 도중에 교체되지 말고.

기본부터 먼저 잘하고 그리고 특별함에 도전해라.

142 삶의 본질

"당신의 꿈은 무엇입니까?"

"부자가 되는 것입니다."

"그럼 부모님에게 묻겠습니다."

"당신의 자녀를 왜 태어나게 했나요? 한 명의 부자를 만들고 싶어서 그랬나요?"

"아니요. 제가 남편(부인)을 사랑했기에 우리 아이가 태어났습니다."

그렇다.
우리 삶의 본질 속에는 '사랑'이 있다.
부차적인 것들이 너무 본질을 가리고 있다.
부도 좋고 명예도 좋다.
그러나 사랑을 잊고 살지는 말자.
인생의 진짜 의미를 잊지 말자.
왜 태어났는지 기억하자.
그래서 짧디 짧은 우리 인생 너무 길게 방황하지 말자.

우리 삶의 본질 속에는 '사랑'이 있다.

143 창의의 원리

창의적인 일을 하고 싶다면 반드시 두 가지 조건을 염두에 두어야 한다.

1. 극도의 인내심

2. 적절한 휴식

어떻게 인내심과 적절한 휴식이 창의성의 핵심 조건일까? 그것은 뇌의 작동원리를 조금만 들여다보면 쉽게 알 수 있다. 우리는 측두엽에 자리 잡고 있는 해마를 통해서 새로운 사실을 학습하고 기억을 한다. 이렇게 해마에 저장된 단기 기억은 깊은 수면을 취할 때, 수만 번씩 예파로 내보내져 신피질을 학습시킨다. 그렇게 학습된 기억은 장기기억으로 변환된다. 이렇게 새로운 장기기억이 기존의 장기기억과 만나면서 내가 의도하지 않아도 자연스럽게 새로운 사고를 할 수 있게 된다. 이렇게 일련의 뇌 신호처리 과정을 거치면 창의적인 생각이 저절로 떠오르는 것이다. 실제로, 꿈속에서 아이디어를 얻어서 일어나자마자 적어서 해결책을 찾았다는 이야기들은 전혀 과장이 아니다.

보통 사람들은 창의적인 생각은 무엇인가 독특한 사고방식을 통해 일어날 것이라고 크게 착각하고 있다. 하지만 일반적인 예상과는 전혀 다르게 대부분이 창의적이 못한 이유는 인내심이 부족해서이다. 운이 좋은 사람은 인내심을 갖고 태어날 수도 있다. 하지만 대부분의 위대한 업적을 남긴 사람들의 일생을 따라가보면 철저하게 훈련 및 단련을 통해서 인내심이라는 마음의 근육을 만들었다는 것을 알 수 있다. 멋진 근육이 하루아침에 생기지 않듯이 인내심도 절대 한 번의 결심으로 생기지 않는다. 창의적인 사람이 되고 싶다면, 해마에 과부하가 걸릴 정도로 열정적으로 공부할 수 있는 인내심이 무엇보다 필요하다. 그렇게 죽자고 공부하고 푹 자고를 반복하면 창의적인 생각이 나도 모르게 피어나게 된다. 생각보다 간단하지 않은가? 이렇게 인내심과 휴식의 사이클이 상당히 중요한데 대부분의 사람들은 '극도의' 휴식과 '적절한' 인내심으로 뭔가 그럴듯한 일을 하고 싶어 한다. 아주 적은 노력으로 최고의 노력수익률을 내고 싶은 마음도 이해가 된다. 하지만, 보통 대부분은 어설픈 노력이 수익으로 이어지기는 고사하고 손실을 초래하는 경우가 대부분이다.

정말 이 원리가 창의적인 사고를 위해 도움이 되는지 수학 최고의 난제인 페르마의 마지막 정리를 풀어낸 앤드루 와일즈의 이야기를 들어보자.

『페르마의 마지막 정리』 中 사이먼 싱, 영림 카디널

1. 20세기로 접어들던 무렵에 세계적인 논리학자로 명성을 떨쳤던 힐베르트는 사람들한테서 "왜 페르마의 마지막 정리를 증명하려는 시도를 하지 않느냐?"라는 질문을 받고 다음과 같이 대답했다. "페르마의 마지막 정리를 증명하려면 적어도 3년 이상의 시간을 집중적으로 투자해야 합니다. 하지만 실패할 것이 빤히 보이는 그러한 일에 그 정도의 시간을 투자할 여력이 제게는 없습니다." 와일즈 역시 목적 달성을 위해서는 문제에 완전히 몰입해야 한다는 것을 알고 있었다. 그러나 그는 결정적으로 힐베르트와 다른 점이 있었다. 그는 실패를 받아들일 준비가 되어 있었다.

(페르마의 난제를 풀기 위한 두 거장의 기본적인 의견은 일치했다. 바로 극도의 인내심을 통한 고도의 집중이 필요하다는 것이다.)

2. 사람들은 머릿속에 떠오르는 생각을 구체화시키기 위해 흔히 종이에 무언가를 끄적거려 보지만, 이것은 반드시 필요한 행위가 아니라고 생각합니다. 특히 막다른 길과 마주치거나 도저히 극복할 수 없는 문제에 직면했을 때, 지루한 수학적 사고는 별로 도움이 되지 않습니다. 무언가 새로운 아이디어가 떠오르려면 한 문제에 완전히 집중한 채로 엄청난 시간을 인내해야 합니다. 다른 생각 없이 오로지 그 문제만 생각해야 합니다. 한마디로 완전한 집중, 그 자체지요. 그런 다음에 생각을 멈추고 잠시 휴식

을 취하면 무의식이 서서히 작동하기 시작합니다. 바로 이때 새로운 영감이 떠오르게 되지요. 완전한 집중 뒤의 휴식! 이때가 가장 중요한 순간입니다.

(그렇다. 오로지 문제만 집중한 뒤에 휴식을 취하면 영감이 떠오른다. 창의적인 생각은 절대 인위적으로 만들어내는 것이 아니다. 만든다는 것은 예측이 가능하다는 의미이다. 그래서 그것은 창의적인 생각이라고 말할 수 없다. 많이 공부하고 잘 자면 창의적인 생각은 우리의 뇌에서 꽃을 피우는 것이다.)

창의적인 사람이 되고 싶은가? 그러면 열심히 공부하고 푹 자자. 이렇게 단순한 조합이 창의적인 사람이 되는 최선의 방법이다.

144 클래스에 관한 고찰

A 클래스는 A 클래스를 고용한다.
B 클래스는 C 클래스를 고용한다.

-럼스펠드 법칙-

월요일 날 출근해서 상사가 너무 무능력해 보이면 어쩔 수 없다. 우리의 클래스가 거기서 결정 나는 것이다. 그러니 클래스를 스스로 결정하고 싶다면 상사를 무능함에 구렁텅이에서 꼭 구해줘라. 아니꼬워도 상사의 클래스를 올려서 억울하게 내 클래스가 떨어지는 것을 기필코 막아야 된다. 반대로 부하직원이 무능력해 보여도 당신의 클래스는 결정된다. 그러니 어떻게든지 부하직원을 최고의 수준으로 꼭 끌어올려라. 안 그러면 큰일 난다. 왜?

클래스는 영원하다.

-빌 샹클리-

그러니 침 튀기면서 욕하지 말고 악착같이 서로의 클래스 올려주기를…… 뭔가 훈훈해지는 느낌이다.

145 위험한 오해

1. 세상에는 답이 하나뿐이라는 오해
2. 모든 사람이 나와 같은 생각을 한다는 오해
3. 모두를 만족시킬 수 있다는 오해

훌륭한 리더십이란 다양성을 존중함으로써 이런 오해들을 사전에 방지하는 것이다. 의견을 차이를 없애려는 것이 좋은 리더십이 아니다. 차이를 없앨 수 있다고 믿는 사람은 극도로 위험한 사람이다. 훌륭한 리더는 다른 점을 극복하게 하는 것이 아니라 다른 존재 자체를 인정하게 하는 것이다. 그래서 그 생각의 간극을 조금씩 줄여가는 것이다. 그래서 그 의견의 차이를 '벽'에서 '턱' 수준으로 낮출 수 있다면 탁월한 리더십을 발휘하고 있다고 평가받을 수 있다.

146 인생이 비참한 순간들

1. 내 무능력에 상대방이 맞추기를 원할 때

(이 사실을 모르고 자신의 무능력을 리더십으로 착각하고 기뻐하면 정말 짠하다.)

2. 내가 하지 않는 것을 다른 사람은 해야 된다고 강요할 때

(특히 기부 같은 선행)

3. 사촌이 땅 사면 배 아플 때

(약국 가도 약도 없다.)

4. 나를 사랑해주는 사람이 없는 것이 아니라 내가 사랑해줄 사람이 없을 때

(내가 사랑해줄 사람이 없으면 나를 사랑해줄 사람은 존재하지 않는다.)

5. 부모님께 효도하고 싶어도 못 할 때

(부모님께 사랑한다고 말하는 것은 1원 한 푼 들지 않는다. 그럼에도 불구하고 안 한다.)

6. 상황이 악화되는 것을 예견하고 정확히 들어맞았을 때

(해결책이 없음을 혹은 해결책이 있었으면 자신의 영향력이 먼지 같음을 한탄해야 한다.)

7. 좋은 조언들을 끝까지 뻔하다고 생각해서 무시하고 끝내 뻔한 인생으로 끝날 때

(인생은 오픈 시험이다. 그럼에도 불구하고 답을 못 적는 경우가 태반이다.)

8. 본인 잘못이면서 남 탓할 때

(제일 답 없는 경우이다. 이렇게 되면 인생에서 제일 한심한 부류의 인간이 된다.)

9. 내가 그렇게 인생에 큰 덕목으로 삼고, 거기에 크게 벗어나지 않고 맞추려고 노력했던 '평균'이란 놈이 막상 세상에는 실제로 존재하지 않았음을 깨달을 때

(이렇게 허무한 게 인생에 또 있을까?)

10. 라면 한 봉지 있어서, 끓이려고 분말수프 뜯다가 바닥에 쏟았을 때

(눈물 난다.)

147 가질 수 없는 꿈

누구나 가슴 한쪽에는 가질 수 없는 꿈에 대한 동경이 있어야 한다. 꿈을 이룬다는 것은 행복한 일이다. 하지만 다른 한편으로는 꿈이 현실이 되는 즉 사라지는 이야기도 된다. 가수 싸이가 내셔널지오그래픽채널 다큐멘터리에서 본인의 최고의 히트곡인 '강남스타일'에 대해 말한 소회가 인상 깊다. "내 인생에서 가장 큰 실수는 강남스타일을 만든 것이다. 난 무엇을 해도 앞으로 강남스타일을 넘어설 수 없다." 혹자는 싸이가 강남스타일로 얻은 부만 쳐다보고 평생 먹고살 수 있어서 좋겠다고 생각할 수도 있지만 나는 그렇게 생각하지 않는다. 인생에서 최고의 행복감은 성장을 통해 느낄 수 있다. 자신의 직업적인 면에서 그런 불가능의 벽에 다다른 싸이가 어쩔 때는 너무 가엽다. 어떤 음악 작업을 해도 '강남스타일보다는 별로다'라는 꼬리표가 영원히 따라다닐 것이기 때문이다. 잘못의 주홍글씨는 반성을 통해 희미해질 수 있다. 하지만 영광의 주홍글씨는 빛이 나기 때문에 절대 지워지지 않는다. 사람들은 그 영광을 추앙할 수 있어도 영광에 사로잡힌 주인공은 과거에 얽매일 수밖에 없다. 앞으로 나아갈 수가 없는 것이다. 모두가 정말로 큰 꿈을 가지면 좋겠다. 그래서 생물학적으로 호흡이 가능한 그 순간까지는 내 심장은 꿈이 있어서 뛴다고 말했으면 좋겠다.

148 깎다 & 꺾다

'깎다'와 '꺾다'는 흔히 '깍다'와 '꺽다'로 써서 맞춤법이 틀리기 쉽다. 'ㄲ' 두 번씩이나 들어가는 이유를 곰곰이 상상해보면 다시는 맞춤법을 틀리지 않을 것 같다.

깎다

흔히 새롭게 변하고 싶을 때 뼈를 깎는 고통이 필요하다고 한다. 'ㄱ'의 모양을 낫의 모양이라고 하자. 환골탈태하고 싶으면 한 번만 깎아서는 안 되기 때문에 "ㄲ"이 두 번이나 낫의 모양이 들어가는 것이 아닐까? 정말로 새롭게 태어나고 싶다면 최소한 두 번을 깎아내야 하는 고통의 필요성을 강조하고 싶어서 'ㄲ'이 두 번이나 들어가는 게 아닌가 생각해 본다.

꺾다

어른이 된다는 것은 내 자존심도 그리고 내가 하고 싶은 욕구도 꺾을 줄 알아야 하는 것이다. 'ㄲ'을 무엇인가 꺾인 모양이라고 생각하자. 누구나 한 번의 결심 정도는 할 수 있다. 하지만 결심을 한다고 해서 정말로 내 욕구가 꺾이는 것은 아니다. 확실하게 욕구를 제거하려면 두 번의 'ㄲ'처럼 두 번은 꺾어야 완전히 잠재울 수 있는 것 같다.

'깎다'와 '꺾다'

누가 만든 단어인지는 모르겠지만 참 가시적으로 매력적이게 잘 만든 단어인 것 같다. 두 단어에 의미를 마음속에 더 깊게 새기며 오늘도 나 자신을 깎고 꺾어야겠다.

149 두 개의 관

좋은 습관은
내 인생에 빛나는 '왕관'과도 같다.

나쁜 습관은
스스로를 '관(棺)' 속에 처박아 산송장으로 만드는 것과 같다.

어떤 '관'을 선택할 것인가?

좋은 습관을 쓸 것인가?
나쁜 습관에 묻힐 것인가?

잊지 마라.
당신의 습관이 당신의 인생이다.

150 그릇

욕심은 그릇을 채운다.
양보는 그릇을 키운다.

욕심부리지 말라는 이야기가 아니다.
양보부터 하고 욕심을 부리라는 말이다.

그래야 넘치지 않는다.

151 험담 by 코숭이

남을 깎아내리는 사람은 그것이 자신의 목을 조르는 일임을 알지 못한다.
깨달았을 때는 이미 자신의 목이 너무 많이 조여진 상태다.
험담하지 말자.

152 모두의 고민

온라인과 오프라인에서 많은 상담을 하다 보니 특별히 많이 받는 질문들이 생겼다. 그래서 짧은 Q & A로 정리하였다.

(1) 새로운 일을 하고 싶은데 나이가 너무 많은 것 같아요

커넬 샌더스는 68세에 KFC를 만들었다. 파스퇴르는 60세에 백신을 개발했다. 세상에는 절대 늦은 때란 없다. 완성과 미완성만 있을 뿐이다. 언제는 중요하지 않다. 인생의 완성을 끊임없이 추구할 용기만 있다면 늦은 때란 없다. 포기하는 순간 영원히 늦은 사람이 되는 것이다. 명심해라. 젊어서 도전하는 것이 아니라 도전하니깐 젊은 것이다.

(2) 우선순위를 못 정하겠어요

그렇게 우선순위 못 정해서 몇 년 동안 딱히 제대로 이룬 것이 없으면 답은 간단하다. 제발 하나라도 제대로 하자. 이것저것 다 하고 싶겠지만 욕심이다. 하나를 제대로 하고, 또 하나를 제대로 하면 경험의 시너지를 경험하게 된다. 그러니 가장 잘할 수 있고 완벽하게 할 수 있는 것 하나라도 잘해보자. 그렇게 성취하면 자신감이 붙는다. 자신감이 붙으면 일의 속도는 올라간다. 그러면 더 많은 일을 해낼 수 있게 된다. 그러니 하나부터 끝내보자.

(3) 구제불능인 사람들 때문에 너무 괴로워요

인생 살다 보면 똥 밟을 때도 있다. 우리 몸도 살다 보면 위험한 병에 걸릴 수 있듯이 인간관계도 치명적인 맹독에 노출될 수도 있다. 통제불능인 사람이 만났을 때는 상황을 받아들이고 내 삶을 되돌아보는 게 최선이다. 내가 어떻게 하다 여기에 왔는지 그리고 왜 내가 지금 해결책이 없는지 이유를 알아야 한다. 초기 암에 걸려서 완치한 사람들의 수명은 평균보다 길다. 암 재발 방지를 위해서 식습관에 엄청나게 주의를 기울여서 오히려 장수하게 된다. 마치 초기 암에 걸린 것처럼 최악의 인간관계도 반면 교사해야 한다. 최악의 상황에 대해 불평불만만 늘어놓는다고 해결되는 것은 없다. 내 에너지와 감정만 소모하는 것이다. 상황에 대한 철저한 반추를 통해 미래 관계에 대한 리스크 매니지먼트를 미리 해야 된다. 그리고 상황을 꾸준히 버텨내면서 플랜 B, C를 만들고 그 계획들을 바탕으로 구제불능인 상대방과 딜(거래)을 해야 한다. 너무 관계를 개선하려고 집착하지 말고 과감하게 관계를 끊어낼 용기와 차선책을 준비하자. 그게 구제불능인 사람을 다루는 유일한 방법이다.

(4) 해야 될 것은 많은데 시간이 부족해요

우선, 해야 될 것 많을 때는 이것저것 우후죽순으로 하는 게 제일 나쁘다. 그럴 때는 제일 중요한 걸 완벽하게 끝내는 게 중요하다. 부족한 부분은 인정하자. 내가 못하는 것을 빨리 할 수 있는 방법은 없다. 그렇게 빨리 여러 가지를 어설프게 끝내면 결국에는 처음부터 모두 다시 해야 되는 상황이 발생한다. 그러니 시간이 부족할수록 오히려 더 제대로 하려고 마음을 단단히 먹자. 급할수록 돌아가라는 말은 참으로 명언이다.

(5) 해야 될 것은 많은데 시간 활용을 어떻게 해야 하나요

곰곰이 생각하면 중복되는 부분이 있다. 예를 들면 영어랑 전공 공부랑 하는데 시간이 너무 많이 들면 영어로 전공 공부를 하면 된다. 처음에는 오히려 따로따로 하는 것보다 시간이 더 많이 들 것이다. 하지만 꾸준히 노력해서 익숙해지면 두 개를 따로 공부한 경우보다 시간이 줄어들기 시작할 것이다. 사실 이럴 때는 금전적인 투자가 약간은 필요하다. 원서와 번역서를 두 권의 교과서를 사기 위해 몇 만 원이 더 필요하다. 두 권을 함께 보면 언어적으로도 전문지식 측면에서도 도움이 많이 된다. 이렇게 약간의 투자를 하면 시간을 획기적으로 줄일 수 있는 방법들이 있다. 또 다른 예로 직장 생활로 인해 운동과 어학 공부를 할 시간이 없는 경우는 일정 거리를 도보로 퇴근하면 된다. 그러면서 MP3 등으로 어학 공부를 하면서 많이 걸으면 자연스레 체력과 지력의 향상을 꾀할 수 있다. 상황마다 차분히 고민하면 반드시 비효율적이고 불필요하게 낭비되는 시간이 있다. 이렇게 잃어버리는 시간만 잘 관리해도 삶의 효율을 더 올라가게 마련이다.

(6) 하고 싶은 것이 있는데 부모님께서 반대하세요

내 인생은 내가 사는 것이다. 부모님께서 아무리 열심히 키워주셨어도 내 인생에 지분의 51%는 내가 가지고 있는 것이다. 부모님 말을 완전히 무시할 수는 없다. 그래도 선택도 결과도 다 내가 하고 내가 책임지는 것이다. 사실 세상에 자식 이기는 부모 없다. 그러니 답은 나와 있다 내가 승자의 입장에 있기 때문에 얼마나 더 양보하냐의 문제이다. 끝까지 설득을 하고 핵심을 제외한 내가 양보할 수 있는 부분은 양보하면서 일을 진행하자. 그리고 죽도록 열심히 해서 부모님께 행복한 모습을 보여드리자. 그러면 다 감동받게 되어 있다. 자기 자식 행복한데 싫어하는 부모 절대 없다. 사실 이런 경우 대부분의 문제는 내가 원하는 대로 하면서 끝까지 부모님에게 금전적 지원을 받겠다는 놀부 심보가 문제이다. 성인임에도 불구하고 끝까지 모든 것을 지원받는다면 내 인생의 지분은 100% 부모님에게 있는 것이다. 세상에 공짜는 없다.

(7) 내가 가는 방향에 사람들이 이래라저래라 해서 제가 잘하고 있는지 걱정돼요

타인의 의견은 참고 사항일 뿐이다. 선택도 내가 하고 책임도 내가 지는 것이다. 남이 내 인생 대신 살아주지 않는다. 후회에는 두 가지 종류가 있다. 전자는 해서 하는 후회. 후자는 하지 않아서 하는 후회. 똑같이 후회를 해도 결과는 극명하게 다르다. 전자는 후회가 금방 사라진다. 후자는 영원히 남는다. 그러니 죽도록 실천하고 후회를 남기지 말자. 사실 조언을 잘 들여다보면 시답지 않는 경우가 많다. 특히 자기 하지 못하는 일에 대한 질시를 조언인 마냥 해주는 경우가 많다. 그런 헛소리는 그냥 무시하면 된다. 유일하게 효과적인 조언은 상황을 객관적으로 바라보게 해주는 것이다. 그런 조언을 해주는 사람들은 이래라저래라 절대 하지 않는다.

(8) 실력이 늘지 않아요

노력한 만큼 실력이 향상하는 경우는 초보의 경우이다. 세상의 모든 현상은 포화 구간과 임계점을 가지고 있다. 실력이 늘다가 갑자기 정체된다면 아주 제대로 공부를 하고 있는 것이다.(한 번의 실력 향상 없이 계속 정체라면 방법에 크게 문제가 있는 것이다.) 꾸준함만이 돌파 방법이다. 가장 흔한 사람들의 착각은 똑똑한 사람들은 계속해서 성장한다고 믿는 것인데 오해다. 그들은 남들보다 정체가 구간이 조금 짧을 뿐이다. 그들의 특징은 정체가 아주 당연한 현상이니 인정하고 꾸준하게 노력하는 것만이 해결 방법인 것을 잘 알고 있는 것이다. 잘 알고 있어서 지체 없이 노력하기 때문에 정체 구간은 조금 더 짧아진다. 그러니 신념을 가지고 꾸준하게 정진하자.

(9) 이거 하면 성공하나요?

나도 모른다. 내 인생도 모르는데 내가 어떻게 타인의 인생의 성공을 말할 수 있을까? 확실한 것은 그런 태도로 일을 진행하고 실패하면 100% 후회한다는 것이다. 내 의지와 목표가 인생을 이끌어야 한다. 막연한 바람이 인생을 밀면 안 된다. 잘못된 방향으로 갈수도 있다. 성공의 목표가 아니라 성장에 초점을 맞춰라. 그러면 언제나 얻는 것이 있을 것이다.

(10) 새로운 분야로 가고 싶어요

그렇다면 죽도록 공부해야 한다. 기존의 하던 일은 최소한으로 줄이고 모든 개인 시간을 몽땅 새로운 것을 배우는 데 투입해야 한다. 사실 원래 분야에서 공부법을 제대로 습득했다면 새로운 분야에서도 어느 정도 공부하면 원하는 수준에 도달하는지 예측이 되어야 한다. 계획이 서야 된다는 것이다. 하지만 한 번도 제대로 공부해본 적이 없는 경우가 대부분이기 때문에 보통 새로운 분야로 옮기는 게 아니라 새로운 분야를 개척해야 되는 경우가 대부분이다. 사실 새로운 분야를 가고 싶다는 것은 "내가 지금 하는 일을 잘 못하겠어요."의 세련된(?) 표현인 경우가 더 많다.

(11) 시간을 알차게 쓰지 못하는 것 같아요

무엇 때문에 시간을 알차게 써야 되는 것인가? 마라톤도 도착점이 있으니깐 오래 걸려도 죽어라 뛰는 것이다. 막연하게 열심히 하면 사실 절대 시간을 밀도 있게 쓸 수가 없다. 게임을 할 때를 생각해봐라. 엄청 집중해서 게임에만 몰입하지 않는가? 그것은 목표가 단순하기 때문에 집중할 수 있는 것이다. 시간을 알차게 쓰고 싶다면 먼저 목표에 대한 고민을 치열하게 하라. 간절히 하고 싶은 게 생기면 일분일초가 아까울 정도로 열심히 하게 될 것이다. 물이 높은 곳에서 낮은 곳으로 흐르는 게 자연스럽듯이 목표가 생기면 내 에너지도 자연스럽게 그쪽으로 온전히 흘러가게 되어 있다.

(12) 돈을 많이 벌고 싶어요

돈은 내 실력에 대한 온도계이다. 내 실력이 좋으면 명예 혹은 돈으로 반드시 인정받게 되어 있다. 기왕이면 돈으로 인정받고 싶다고? 결국 사람들이 돈 벌어서 하는 가장 큰 행위 중 하나는 사치품 구매이다. 사치품 구매의 최대 목적은 인위적인 명예를 얻으려고 하는 것이다. 그러니 어리석게 자연산(?) 명예를 얻는 것을 슬퍼하지 마라. 그리고 명예든 돈이든 부단한 노력을 통한 실력으로 얻어야 한다. 실력 없이 획득한 부는 내가 지킬 수 있는 방법이 없다. 금방 사라진다.

(13) 무엇을 선택해야 될지 모르겠어요

정확히 목표를 몰라도 나아가야 할 때가 있다. 그런 상황에서는 제일 잘할 수 있는 일을 더 발전시키는 것이 가장 효율적인 방법이다. 그렇게 잘하는 것을 꾸준히 조금씩 성장시키면 어느 날 전문가가 되어 있는 자신을 발견할 것이다. 작은 성취를 위한 노력의 합이 내 삶이 되는 것이다. 성공한 사람들은 자신의 성공에 대한 이유를 언급할 경우 대부분 우연하게 기회를 잡았다고 한다. 꾸준하게 자신이 가장 잘하는 분야를 집중해서 발전시키면 반드시 기회는 오게 되어 있다. 그게 만약에 너무 불안하고 싫으면 우선 '먹고사니즘'을 최소한으로 해결하고 전반적으로 나의 내공을 높이는 공부를 하는 데 집중하면 된다. 그렇게 꾸준히 공부하면 내가 잘할 것 같은 분야를 찾게 마련이다. 찾게 되면 그때부터 열심히 파고 들어가면 된다.

(14) 진짜 죽도록 최선을 다했는데도 아무것도 안 돼요. 너무 힘들어요

내 경험상 최선을 다했는데 힘들다고 하는 친구들의 70%는 최선을 다한 적이 없었다. 너무 힘들다는 결론을 내리기 전에 우선 자신이 진짜 최선을 다한 것인지 아닌지 그것부터 확인해야 된다. 최선을 다한 것의 증거는 성장이다. 목표는 이루지 못했어도 최선을 다했다면 반드시 배운 것이 있기 마련이다. 진정으로 최선을 다했을 때 목표를 달성하지 못했다면 나 자신의 한계를 인정해야 된다. 오히려 더 강하게 다그칠 것이 아니라 위로받아야 하는 것이다. 그리고 새롭게 목표를 낮추어 설정해야 한다. 그렇게 작은 성취가 꾸준히 이루어지면 언젠가는 진짜 원하는 꿈을 이룰 수 있다. 첫술에 배부르면 배탈 난다.

(15) ㄱ838 *#jd3j? ejsh고@3ㅇ93류누* ll ℃ ≠ l ∝★⊃ ?

도대체 무슨 질문을 하는지 도저히 모르겠다. 사실 이런 류의 질문이 50%가 넘는다. 그러니 문제부터 똑바로 정의하고 질문을 간단명료하게 하자. 간단한 문제도 복잡하게 물어보면 답이 안 나온다.

모든 질문에 대한 대답들은 책 본문에 다양한 사례와 프레임으로 언급하였다. 만약에 질문들이 새롭게 느껴진다면 반드시 책을 다시 읽어보기를 바란다. 그리고 질문에 대해 자신만의 대답을 써볼 것을 간곡히 권유한다.

에필로그

이 책을 쓰게 된 궁극적 목적은 다소 불순(?)하다. 사실 표면적으로는 사회로 나올 혹은 막 사회에 나온 친구들을 위한 책이지만 본질적인 주인공은 따로 있다. 바로 내 딸이다. 나는 미래에 누구보다 우리 딸이 행복했으면 좋겠다. 그게 내 가장 큰 꿈이다. 그 꿈을 이루기 위해 엄청난 고심을 했었다. 외국어를 가르쳐야 하나? 돈을 많이 벌어서 물려줘야 하나? 고심 끝에 내린 결론은 보다 나은 사회를 물려주는 것이었다.

그러기 위해서는 우리 딸이 세상으로 첫 발을 내디딜 즈음에 차장과 부장이 되어 있을 지금의 20대를 훌륭하게 만드는 것이 내가 할 수 있는 최선이라고 판단했다. 나는 정말 운이 좋게도 공부도 오래 해봤고, 대한민국의 대표적 대기업에서 과장 3년차까지 근무한 경험이 있다. 그래서 그 경험을 토대로 강연과 상담을 시작했다. 강연과 상담의 피드백과 결과를 바탕으로 이렇게 책을 쓰게 되었다. 아직은 갈 길이 멀지만 강연 및 상담 후에 벌써 가시적인 변화를 보이는 친구들이 꽤 많다. 친구들이 성장하고 있는 모습을 지켜보면 가슴이 벅차오른다.

이 책을 읽는 친구들이 진심으로 모두 잘되었으면 좋겠다. 단순히 공부를 잘하는 사람이 아닌 실질적인 인재가 되었으면 좋겠다. 이타적인 마음보다는 이기적인 마음이 더 크다. 다 우리 금쪽같은 딸을 위해서이다. 책을 읽은 친구들이 훌륭하게 성장해서 우리 딸이 취직했을 때 능력 있고 자상한 차장과 부장이 되어 있으면 좋겠다. 단순히 업무를 지시하는 상사가 아닌 함께 성장하는 멋지고 능력 있는 리더들이 되어 있으면 좋겠다. 그래서 우리 딸 '칼퇴' 좀 시켜줬으면 좋겠다.

자꾸 말이 길어지면 내가 영혼을 한 번도 느끼지 못했던 교장선생님 훈화 말씀 같아질까봐 여기서 줄인다. 끝까지 읽어줘서 진심으로 고맙다. 고민이 있거나 걱정이 있으면 dr.yj.shin@gmail.com으로 이메일을 보내면 된다. 내가 다 해결해줄 수는 없어도 끝까지는 꼭 들어주겠다. 약속한다.

건투를 빈다! 파이팅!

내 생각 더하기